絵馬と脅迫状

久坂部 羊

幻冬舎

絵馬と脅迫状

絵馬と脅迫状＊目次

イラストレーション　水谷嘉孝
ブックデザイン　鈴木成一デザイン室

爪の伸びた遺体

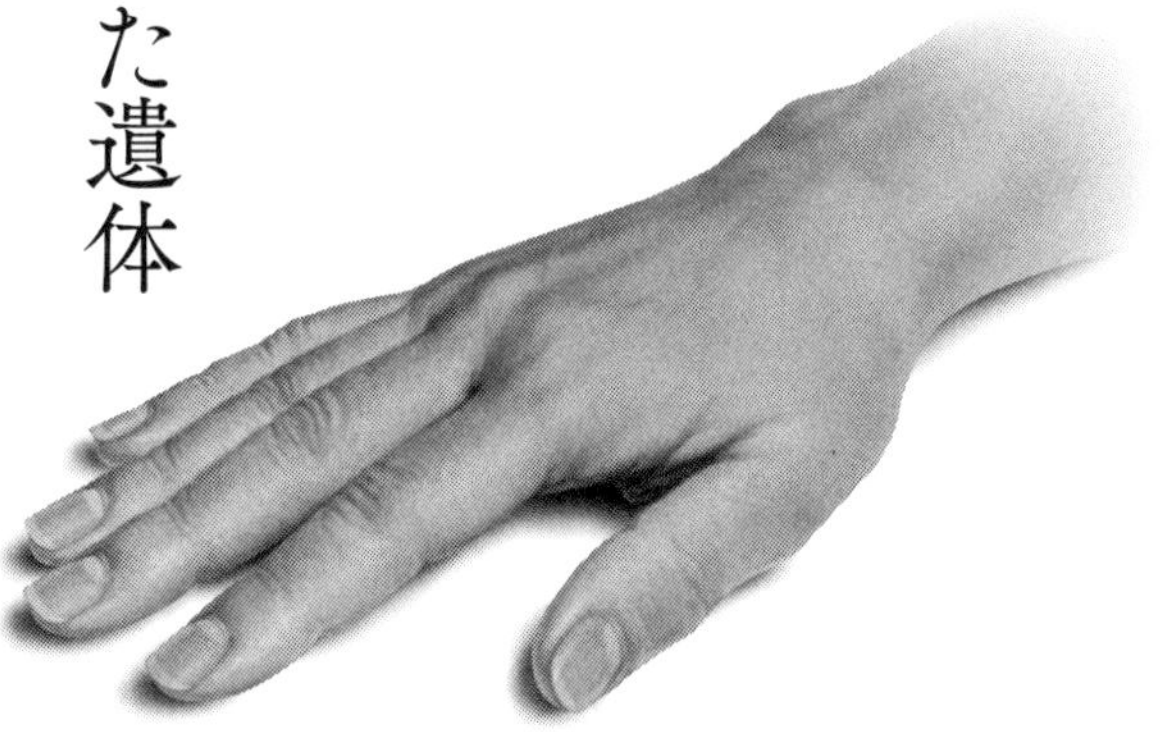

1

七年前、幼なじみの親友、西条己一《さいじょうきいち》が自殺した。

スマホに連絡が取れなくなって、実家の固定電話にかけると、己一の母親からそう告げられた。

暑い日だった。アスファルトの上に陽炎《かげろう》が立っていたのを覚えている。

翌日の葬儀には参列したが、とても信じられなかった。その十日前、夏休みで実家に帰っていた彼と、久しぶりに居酒屋で飲んだからだ。当時、私は二十二歳。一浪して入った医学部の三年生で、己一は別の大学の農学部の四年生だった。

葬儀会場は地元のホールで、参列者は少なかった。己一の母、二人の姉、あとは遠い親戚らしい高齢者が数人。友だち関係は私一人だった。

少し早めに行って、母親の昌代《まさよ》さんに挨拶をした。昌代さんとは、己一の家に遊びに行ったとき、何度か顔を合わせていた。

「ああ、木瀬《きせ》くん。来てくれたの。ありがとう」

昌代さんは絞り出すような声で言って、私の手を取った。もともと小柄な人だったが、悲しみのせいでいっそう縮んだように見えた。

「驚きました。でも、いったいなぜ」

とうてい納得できない思いで問うと、昌代さんは口元を押さえ、ただ嗚咽《おえつ》をもらすばかりだった。

祭壇の前に置かれた柩《ひつぎ》は、顔の部分の窓が開かれていたので、歩み寄って中をのぞいた。一目見て、あまりの変貌《へんぼう》に息をのんだ。顔がうっ血してむくみ、全体が赤黒く変色していたからだ。細く尖った鼻に詰《つ》められた綿《わた》も異様だ。すでに腐敗しかけているようで、首には白い布が幾重《いくえ》にも巻かれていた。

「発見されたのは一昨日の水曜日よ。亡くなってから日がたっていたから、こんな顔になってしまって。首にはひどい絞《し》め痕《あと》があるから、隠してもらっているの」

己一は下宿のアパートで首を吊ったらしい。真夏でクーラーをつけていなかったため腐敗の進行が速まり、地元からもどった隣室の学生が、異臭に気づいて警察に通報したのだそうだ。警察の調べでは、死後およそ六日。葬儀の日からすると亡くなったのは八日前だ。つまり、己一は私と会った二日後に自殺したことになる。いっしょに飲んだときには、自殺する素振りはもちろん、悩んでいるようすもなかったのに。

「遺書は？」

私が聞くと、昌代さんは無言で小さく首を振った。

用意されたパイプ椅子《いす》に座ると、ホールの職員が告別式の開始を告げ、僧侶がゆっくりと入場した。低い声で読経《どきょう》がはじまる。前方の席で、昌代さんと上の姉の時枝《ときえ》さん、それから下の姉の恵美《えみ》さんが首を垂《た》れていた。己一は末っ子で、時枝さんとは十歳ちがい、恵美さんとは二歳ちがいのはずだ。父親は己一が生まれる前に、交通事故で亡くなったと聞いていた。

己一はなぜ自殺などしたのか。彼の死に顔を見て、私は悲しみは感じなかったが、ひどく混乱した。十日前の飲み会は、己一から誘ってきたものだ。悩みを打ち明けるつもりがないのなら、なぜわざわざ呼び出したのか。己一は平然とビールを飲み、いつも通りに振る舞っていた。その後、たった二日で自ら命を絶つようなことが起こり得るだろうか。

焼香《しょうこう》がはじまり、己一の遺影に相対《あいたい》したが、黒枠の中の怜悧《れいり》な顔は何も語ってはくれなかった。

席にもどる直前、遺族席に一礼すると、上の姉の時枝さんが私を見て懐かしそうに会釈《えしゃく》をした。己一の家に遊びに行ったとき、何度か話をしたことがあったからだ。

僧侶が退出すると、柩の蓋《ふた》が取られ、最後のお別れがはじまった。参列者が祭壇の花を柩の中に入れる。私もホールの職員に促され、蘭とカーネーションを持って柩に近づいた。

己一は白い死に装束で横たわっていた。数少ない参列者が順に花を遺体の周囲に置いていく。私も胸の前で組んだ手の脇に花を置こうとして、思わず声をあげそうになった。己一の爪が二ミリ半ほども伸びているのだ。十日前に会ったとき、己一は爪を深爪《ふかづめ》なほどきれいに切りそろえていた。それが今、爪の先の白い部分が伸びている。死後、髭や爪がわずかに伸びるとか、遺体が乾燥すると指の皮膚が縮んで、爪が伸びたように見えるとかは聞いたことがあるが、こんなに伸びるわけはない。

どういうことか。遺体を見直すと、変色した顔は己一にまちがいないように思えたが、むくみがひどくて確信が持てなかった。

しかし、彼は西条家の一人息子だし、両親はともに一人っ子だと聞いたことがあるので、従兄弟《いとこ》など彼に似た人物もいないはずだ。

花を持ったまま動けずにいると、昌代さんが横から訊ねた。

「木瀬くん、どうかした?」

「あの、爪が伸びているんですけど」

何のことかわからないようすだったので、続けて言った。

「十日前に会ったとき、己一はきれいに爪を切っていたんです。なのに指の爪が」

目線で示すと、昌代さんはわずかに屈み込み、驚いたように顔を上げた。私を不審《ふしん》の目で見て、小刻みに首を振る。そんなはずはないと、強く否定しているようだった。それを見て私のほうが戸惑《とまど》ってしまった。何かまずいことを言ったのだろうか。

「お母さん。どうしたの」

時枝さんが近寄ってきて、昌代さんの背中に手を添えた。

「何でもない。大丈夫」

そう言ってまた嗚咽をもらした。その悲しみようはまちがいなく、実の息子を亡くした母親のそれだった。

「すみません。僕の思いちがいみたいです」

こんなときに昌代さんを混乱させたことを謝って、私はそのまま葬儀会場を後にした。

2

思いちがいのはずはない。私はあの日、己一の爪を見たという確信があった。

己一と私は小学校から高校まで同じで、親しくなったのは中学二年生のときに同じクラスになってからだ。

己一は頭がよく、実力テストでは常に学年で五位以内で、度々一位にもなったが、クラス委員に選ばれることはなかった。同級生を冷笑し、あからさまに軽蔑していたので、みんなから嫌われていたからだ。

私は己一より成績は下だったが、毎年クラス委員に選ばれ、友だちも多かった。もともと己一は私を無視していたが、私は彼のことが気になって仕方なかった。みんなから嫌われているのに、どうして平気でいられるのか。

あるとき、級友のひとりが黙って己一のカバンを開けた。それに気づいた己一が振り向きざまに激怒した。

「勝手に開けるな」

怒鳴《どな》るや否や、いきなり相手の耳をつかんで後ろに引き倒した。相手は大きな音を立てて仰向けに倒れた。まわりの者はその怒りの激しさに圧倒され、倒された級友も、耳を押さえたまま声も出せずにいた。

私はその異様さに惹かれ、己一に接近した。幼稚な同級生と群れることに倦《う》んでもいたからだ。己一は私を受け入れ、休み時間や放課後に、級友たちと離れて二人でいることが増えた。

己一は早熟で、好みも大人びていて、高踏《こうとう》的な発想で私を魅了した。そしてときどき、私の困惑を愉しむように、悪質な悪戯《いたずら》をした。たとえば自動車通勤していた教師の車のワイパーを、瞬間接着剤でフロントガラスに貼りつけた。雨が降っても作動せず、事故につながる危険性がある。

また、女子生徒のカバンからリコーダーを盗み、彼女に好意を寄せる男子生徒の机に隠した。見つかれば、男子生徒に淫靡《いんび》な窃盗《せっとう》の疑いがかかるところだ。幸い、男子生徒が自分で気づいて、女子生徒に返したので大事には至らなかった。

己一の悪戯には、人を陥れる悪意のようなものが潜んでいた。たぶん、彼はサイコパスだったのだろう。

三学期の最後の授業が終わったあと、己一は墓地で道徳の教科書を燃やした。彼は道徳の授業が嫌いで、教師のきれい事にいつも腹を立てていた。私もうんざりしていたが、教科書を燃やすなど、中学生には思いもよらないことだった。

高校は地元の進学校だったので、私は中学生のときのように簡単にいい成績を取れなくなった。

己一は別のクラスだったが、一学期の定期テストで、中間も期末も続けてクラス一位を取った（定期テストは学年順位が出なかった）。やはり彼は頭がいいのだ。私は率直に感心した。

ところが、彼は夏休みに十九世紀のロシア文学にはまり、トルストイやドストエフスキーを乱読して、勉強を疎《おろそ》かにするようになった。そのため成績が下降し、二年生で同じクラスになったときには、私のほうがかなり上位の席次になった。それでも彼は気にする素振りもなく、それどころか学校の勉強など「俗物のすること」と蔑《さげす》んでいた。

「ガリベンするヤツは〝ヴルゲール〟だ」と己一は言った。ヴルゲール（vulgaire）はフランス語で「俗物」を指すらしい。

「僕は〝コム・イル・フォ〟を重視する」とも言った。コム・イル・フォ（comme il faut）は「品のよい」とか「礼節に適《かな》った」という意味のフランス語で、トルストイの『青年時代』に出てくる言葉らしかった。

「トルストイは若いころ、貴族の青年として〝コム・イル・フォ〟であることを目指し、そのたしなみとして、爪をきれいに整えることに腐心《ふしん》していた。兄たちが美しい爪をしていたので、どうすればそんなふうになれるのかと問うと、兄の知人は、『爪のことなど気にしたことはない』と答えて、トルストイをひどく落胆《らくたん》させるんだ」

己一はこのエピソードを気に入って、彼自身も爪をきれいに切りそろえていた。

彼の死の二日前、居酒屋で飲んだとき、たまたま高校時代の話になり、己一は久しぶりに〝コム・イル・フォ〟を口にした。だから、私は彼の爪を見て、相変わらずだなと思ったのだ。

高校時代の己一は、級友から嫌われ、成績が落ちても超然とし、精神面では圧倒的な強者として振る舞っていた。

今でも鮮明に覚えていることがある。どんより曇《くも》った憂うつな日、彼に付き合って学校を抜け出し、当てのない散歩をしていたときだ。アスファルトに一羽のスズメが落ちていた。片方の羽を傷めているらしく、もがくばかりで飛べなかった。己一はようすを見ていたが、いきなり革靴でスズメを踏み殺した。躊躇《ちゅうちょ》のない一撃だった。そして、驚く私にこう言った。

「このほうが苦しまなくていいんだ」

何も言えなかった。私とは格がちがう。己一は歩道の縁石《えんせき》で、靴底についたスズメの血を拭っていた。

3

その後、私は大学を卒業し、国家試験にも合格して医師になった。

大学病院で二年間、研修医として医師臨床研修を終え、昨年の四月から専攻医（後期研修医）として、誠心会《せいしんかい》総合病院に勤務している。専門は神経内科。頭痛や脳卒中も扱うが、パーキンソン病やALS（筋萎縮性側索硬化症《きんいしゅくせいそくさくこうかしょう》）などの難病患者が多い科だ。

今になって己一の葬儀を思い出したのは、四月から神経内科に配属された新卒の研修医が原因だった。

「塙亮二《はなわりょうじ》と申します。よろしくお願いします」

医局《いきょく》の新人紹介で、四人のうち最後に挨拶をした塙を見て、私は思わず声をあげそうになった。己一にそっくりだったからだ。

己一の死から七年たっていたが、もし彼が生きていたらこんな感じだろうと思わせるほどよく似ていた。声もそっくりで、七年前、最後にいっしょに飲んだときのことをまざまざと思い出させた。

あのとき、己一は私に奇妙なことを言った。

「医者になったら、いろいろ面白いことができるだろうな」

「面白いことって？」

「死にたがっている難病患者に嘱託殺人をするとか、虐待されて意識不明で運ばれてきた幼児に、親がつけたのと別の傷をつけるとか、体外受精をするときに、夫の精子じゃなくて自分の精子を受精させるとか」

「やめろよ」と、私は顔をしかめた。もちろん、命をオモチャにするなとか、医療を弄《もてあそ》ぶなとか、そんなありきたりなことは言わない。ただ、己一の発想が、私のレベルをはるかに超えていることにおののいただけだ。

不穏《ふおん》な感じの飲み会の別れ際、己一は来週の水曜日に、話したいことがあるから連絡すると言った。なぜそんな先の曜日を指定するのか、聞いても己一は曖昧《あいまい》に笑うばかりで、答えなかった。

翌週の水曜日、待っていたが連絡はなく、気になったので、翌日、スマホに何度か連絡したがつながらなかった。それで実家に電話をして、母親の昌代さんから自殺を知らされたのだ。

塙を一目見て、七年前の疑念がよみがえった。遺体の爪の矛盾。もしも塙が己一であるなら、あのときの遺体はやはり別人ということになる。しかし、もし仮にそうだとしても、それならなぜ、正体を知る可能性のある私の前に、わざわざ姿を現したりしたのか。答えを見出せず、私は当惑した。やはりあの遺体は己一で、いくらそっくりでも塙は別人と考えるのが自然ではないのか。

そう思って塙の手を見ると、爪はきれいに切りそろえられていた。

4

「コム・イル・フォって知ってるかい」

私は研修医ルームで塙がひとりでいるときを狙って声をかけた。不意討ちで反応を見るのがいいと思ったからだ。もしも塙が己一だったら、何らかの反応を示すだろう。だが、目論見《もくろみ》は失敗だった。

「……何ですか、それ」

一拍《いっぱく》置いて返ってきた答えは、まったくフラットだった。いや、こちらが反応を期待しすぎていたのかもしれない。

私は素知らぬ顔で話を変えた。

「実は幼なじみの親友がいてね。頭がよくて早熟で、僕には魅力的だったけれど、みんなから嫌われていた」

「どうして嫌われていたんですか?」

「変わり者だったからね。優秀すぎて同級生がバカに見えたんだろう」

「ハハハ」

「おかしいかい?」

「いえ——、別に」

相手の反応を何ひとつ見逃すまいと、私は神経を集中した。ふたたび何気ないふりで不意討ちに出た。

「その男は西条己一というんだ」

塙は目線だけ動かして私を見た。表情に変化はない。

「その己一が、君にそっくりでね」

「へえ……」

塙を見つめながら、わざと沈黙する。

「で、木瀬先生のその親友が何か?」

「自殺したらしい、七年前に」

「そうですか」

ふたたび沈黙。楽しい話題ではないので、ふつうなら「お気の毒に」などと言って、話を終わらせようとするだろう。だが、塙の反応はちがった。

「自殺したらしい、というのはどういうことです」

「お袋さんから聞いただけだからね。僕が直接確かめたわけじゃない」

「自殺の理由は？」

「わからない。突然のことだったからね。僕はその二日前に会っているんだ」

「だったら徴候《ちょうこう》があったんじゃないですか」

「いや、何も」

「でも、自殺したんでしょう。それなら何かあったんでしょう。あるいは先生がお会いになったあとで何かがあったとか」

「何かあったとしても、たった二日で自殺するかな」

「そういうこともあるでしょう」

彼はいやに自殺に肯定的だった。さらに続ける。

「親友だったのなら、お葬式には行かれたんですか」

「行ったよ」

「じゃあ、まちがいない」

塙は口を滑らせた。葬儀に参列したからといって、自殺とはかぎらない。塙の口振《くちぶ》りは不自然に己一の死を確定したがっているように聞こえた。

私が黙っていると、彼も気づいたのか不快そうに顔を背《そむ》けた。

「塙くんは新卒にしては年齢がいっているようだね。浪人か留年でもしたのかい」

「いろいろありまして」

「何年生まれ？」

塙が口にしたのは私の生まれ年だった。

「同い年じゃないか。僕は一浪だけど、君は四年遅れということになるね。どこかほかの大学にでも行っていたの」

「いえ――」

塙はいったんこちらに向けていた顔を、ふたたび背けた。それ以上、聞いてくれるなという顔だ。だが、私は容赦《ようしや》しなかった。

「そんな遠まわりをしてまで、医者になりたかったんだね。どうしてそこまで？」

「理由はありません。木瀬先生はどうして医者になったんです」

「僕は代々医者の家に生まれたからね。特段考えもせず、大学は医学部に行くもんだと……」

「それで満足している?」

その聞き方は、己一にそっくりだった。

5

「眼鏡《めがね》をはずしたら、けっこうな美人だってことは、最初に見たときから気づいていたよ」

私が言うと、淵上真理江《ふちがみまりえ》は「そんなことありません」と、サイドテーブルに置いた黒縁《くろぶち》の眼鏡を恥ずかしそうにかけた。

病棟で見たとき、真理江はベリーショートの黒髪で、黒縁の眼鏡ばかりが目立っていた。そのせいで、目鼻立ちが整っていることはわかりにくかった。もしかしたら、真理江自身も自覚していないのかもしれない。

「髪だって、モデルみたいにツヤツヤしてるし」

「からかわないでください」

真理江は逃げるように顔を背け、胸元まで毛布を引き上げた。

「わたし、実は先生に相談したいことがあったんです」

「何?」

「師長《しちょう》さんに、主任に推薦しておいたって言われたんです。そんな大役、わたしに務まるはずありません。キャリアだってまだまだだし」

真理江は私より一歳上の三十歳。キャリア八年で主任の声がかかるのは早いほうだ。病棟の看護師長から内々示のような形で言われたらしい。

彼女は地味だがまじめで仕事も早い。意外に腕力もあり、男性患者の体位《たいい》変換《へんかん》も難なくこなす。

「看護師長は君の実力を認めたんだろう。仕事ぶりを見てくれているということだよ」

「ちがいます。何か勘ちがいしてるんです」

真理江に欠点があるとすれば、このネガティブ思考だ。自分に自信が持てず、いつも人の後ろに隠れようとする。

「君はもっと積極的になったほうがいいと思うよ。仕事もできるし、責任感も強いんだから」

「そんなこと……」とまた否定しかけて、言葉を吞み込んだ。少しは私の思いが伝わったのか。

「それに、いつも患者さんのことをいちばんに考えているだろう。どうすれば苦しんでいる患者さんが楽になるか。看護師にとっていちばん大事なことだよ」

「ありがとうございます。でも、先生だっていつも患者さんのことを考えているでしょう？」

　真理江には、医療の限界や患者の尊厳を守ることの重要性などを話してきた。彼女には魅力的に聞こえたはずだ。難病患者への思いやりが人一倍強いから。

「治る病気を診る医者は気が楽でいいよな。だけど、治らない患者にも医者は必要だろう。もちろん看護師も」

「そうですね。九〇五号の浅沼《あさぬま》さんなんか気の毒で」

　浅沼洋一《よういち》さんは昨年の十月、七十八歳で重症の脳梗塞《のうこうそく》を発症して、植物状態になってうちの病院に入院してきた。呼吸機能が落ちてきたため、個室で人工呼吸器をつけている。身体《からだ》はやせ細り、仙骨《せんこつ》部に骨が見えるほどの褥瘡《じょくそう》（床ずれ）ができて、見るからに痛々しい。機械に生かされているのも同然の姿は、とても尊厳があるとは言えない。

「浅沼さんは、先月から塙くんが担当医になったんだ」

　前の担当医が三月末に研修を終えて大学にもどったので、入れ替わりに塙が診ることになった。担当といっても、呼吸管理と栄養管理、あとは褥瘡の処置くらいで、意識を回復させることは望めない。

　私はふと思いついて聞いてみた。

「真理江は塙くんのことはどう思う」

「どうって」

「変わったところはない？」

「別に気づきませんけど」

「彼、研修医にしては年を食ってるだろ。いろいろあって、遠まわりをして医者になったらしい」

真理江が戸惑いの色を浮かべる。なぜ塙のことをあれこれ言うのかという顔だ。

「実は、僕には七年前に自殺した親友がいてね。塙くんがその親友にそっくりなんだ」

「他人のそら似ですか」

「そうかもしれない。だけど、仕草《しぐさ》や表情まで同じに見えるから、気味が悪くてね。それに、彼は何だか僕を監視しているようで」

「監視？　なぜ」

「わからない。この前は、僕の患者さんで亡くなった人の電子カルテを開いて、検査や治療の経過を見ていた。うまくいかなかったケースについて教えてほしいなんて言ってきたこともある」

「勉強のためじゃないんですか」

「そうだろうか」

私は彼が何か私の弱みを握ろうとしているような気がして、素直には受け取れずにいた。

「そろそろ帰ります。あんまり遅くなるとよくないから」

真理江はベッドから出てシャワー室に消えた。外泊すると、病院の看護師寮で噂になりかねないからだ。私はこのままホテルに泊まるつもりだった。

真理江とこんなふうにシティホテルで会うようになって、三カ月がたつ。

6

ナースステーションにいると、医長《いちょう》の岡部《おかべ》が駆け込んできた。テーブルやカウンターの上を苛立《いらだ》たしげにさがしまわっている。

「岡部先生。どうかしたんですか」

奥の席から看護師長が訊ねた。

「聴診器《ちょうしんき》が見当たらないんだよ」

答えながら、なおもファイルやノートパソコンをひっかきまわす。

「どこかに置き忘れたんじゃないんですか」

「どこかって、どこさ」

「知りませんよ。医局じゃないんですか」

「医局はさがしたよ。机の引き出しもロッカーも、控え室もトイレもトイレの用具入れも」

「そんなとこにあるはずないでしょ」

看護師長はあきれたように嗤《わら》う。

「聴診器がないと、外来診察ができないじゃないか。困ったな」

後ろにいた塙が、冷ややかに岡部を見ていた。岡部は塙の指導医で、研修がはじまってすぐ、塙が看護師用の聴診器を使っているのを見て、あきれたようにこう言った。

――おまえ、医者なら医者らしい聴診器を使えよ。

岡部は医局の控え室で、自分の聴診器の自慢もしていた。

――前のは捨てて、新しいのを買ったんだ。リットマンのコアデジタル。六万八千九百円だ。

「聴診器が必要なら、その壁に掛かっているのを使ったらどうですか」

看護師長が看護師用の予備を指さした。チューブがピンクで、塙が使っているのよりさらに安っぽい代物だ。

「なんでこんなのを使わなきゃいけないんだ」

「なくすほうが悪いんでしょう」

岡部は舌打ちをしながらピンクの聴診器をひったくり、外来へ下りていった。

塙は顔を背け、肩を揺らして笑っていた。

数日後、ナースステーションで電子カルテの入力をしていると、準備室で看護師の悲鳴があがった。

「きゃあ、何、これ」

使い捨てのプラスチック手袋が入ったボックスを持って、看護師長のところに駆け込んでくる。ボックスの中に注射針が入っていた。キャップをはずした剝《む》き出《だ》しの針で、採血に使ったらしく、先端に血液が付着している。

「だれがいったい……」

看護師長が眉《まゆ》をひそめた。

紙製のボックスには、薄いプラスチック手袋が重ねて入れてある。無造作に手を入れると、針刺し事故につながりかねない。入院患者にＨＩＶ（エイズウイルス）ポジティブの人はいないが、Ｃ型肝炎ウイルスが陽性の人は何人かいる。その人の血液がついた針で指を刺せば、感染は免れない。

「こんなところにうっかり注射針が入るわけはないわね。悪戯だとしたら悪質すぎる」

看護師長は注射針を専用のコンテナに入れ、半分以上残っているプラスチック手袋をボックスごと、ゴミ箱に捨てた。

塙はナースステーションにいて、一部始終を見つめていた。私はそれとなく観察していたが、表情からは何も読み取れなかった。

7

「なんか最近、変なことが起こるよね」

「新しい人が来てからじゃない。特にH《エイチ》先生？」

ナースステーションの隅で、準夜勤務の看護師が小声で話していた。彼女らも塙に違和感を抱いているらしい。

この日、私は当直で、受け持ち患者の退院時サマリーを電子カルテに入力していた。看護師たちのひそひそ話が続く。

「そういえば、昨日亡くなった浅沼さん、呼吸状態も安定していたのに、あの急変、おかしくない？」

「たしかに。準夜勤務の淵上さんが、八時すぎに巡回したときには異常なかったのに、十時に訪室《ほうしつ》したときには心肺《しんぱい》停止だったらしいね。当直が塙先生で、すぐに連絡したらしいけど、蘇生《そせい》処置をしなかったんだって」

「淵上さん、ずいぶん動揺していたらしいよ。彼女、今度主任に昇格するって噂なのに、大丈夫なの？」

「あの人、師長さんに気に入られてるからね。ああいう目立たないけど黙々と仕事をするタイプが好きなのよ、師長さんは」

　昨夜、脳梗塞で植物状態だった浅沼洋一さんが亡くなった。老衰《ろうすい》死にはまだ早いし、それまで全身状態も変化がなかったので、塙も驚いたらしい。しかし、彼はその場で指導医の岡部に連絡せず、今朝になってから報告したので岡部から叱責されていた。

「想定外の急変があったときには、すぐ連絡しないとだめじゃないか」

「すみません」

「それに君は、CPR（心肺蘇生）をしなかったらしいな。どうしてだ」

「そのまま亡くなったほうが、いいと思いましたから」

　それはそうだと、私も思った。植物状態で意識が回復する見込みもなく、おまけに大きな褥瘡があって、骨にまで達していたのだから。

　だが、岡部は本気で声を荒らげた。

「なんてことを言うんだ。家族の身にもなってみろ。最後までベストを尽くすのが我々医者の務めだろ」

　塙は答えない。冷ややかに目を逸《そ》らす。

「木瀬はどう思う」

　いきなり話を振られて狼狽《ろうばい》した。塙と同じ意見ですなどとは、とても言えない。

「もちろん、CPRをすべきだったと思います。蘇生する可能性は、ゼロではないのですから」

塙がさも軽蔑するような一瞥《いちべつ》をよこした。

岡部は苛立ったまま、塙の書いた死亡診断書をモニターでチェックした。

「おまえ、死因を『呼吸不全』にしているが、原因がよくわからないときは、『心不全』にするのがふつうだろう。どうして呼吸不全なんだ」

「眼瞼結膜《がんけんけつまく》に点状出血《てんじょうしゅっけつ》がありましたから」

「人工呼吸器をつけていたんなら、呼吸は管理されているじゃないか。不具合があったらアラームが鳴るんだし。アラームは鳴ったのか」

「その記録はありません」

「だったら事前に肺炎の徴候もないのに、呼吸不全のわけはないだろ。死因は『心不全』に書き直しとけ」

怒鳴るように言うと、岡部は荒々しくナースステーションを出て行った。

人工呼吸器のコネクターがはずれたり、蛇腹《じゃばら》が折れ曲がったりすればアラームが鳴る。仮にコードが抜けても、内蔵バッテリーでアラームが鳴るはずだ。そうなればすぐナースステーションにいる看護師が対応する。その記録がないということは、アラームは鳴らなかったということだ。

8

塙が当直の夜、ふたたび患者の不審死が発生した。

小塚祥子《こづかさちこ》さん、八十二歳。重症のパーキンソン病で、重度の認知症でもあり、ほぼ無言無動だった。嚥下障害《えんげしょうがい》で胃《い》ろうを装着し、受け答えもできなかったが、開いたままの目からはときどき涙が流れていた。主治医は医長の岡部だ。

その夜、準夜帯から深夜帯への引き継ぎでは異常がなく、午前一時すぎに深夜勤務の看護師が巡回したときには就寝中だったのに、午前六時の訪室で心肺停止になっていた。すぐに当直の塙が呼ばれたが、すでに死後硬直がはじまっていたので、蘇生処置は行われなかった。その時点で少なくとも死後二時間はたっていたということだ。

塙はすぐに岡部に連絡し、岡部は午前七時前に病院に到着した。そして、死後処置をした看護師から、おむつに大量の下血《げけつ》があったことが報告された。

「重症回診のときに変化はなかったのか」

「ありません」

当直医は毎晩、午後八時に重症の患者を回診することになっている。小塚さんも対象患者で、塙が回診しているはずだ。

「しっかりと確認したのか」

岡部は自分が前兆《ぜんちょう》に気づかなかったことを棚に上げ、塙を責める口調で問うた。しかし、責任はもちろん主治医の岡部にある。

私は通常通り午前八時半に出勤したが、小塚さんの急死は医局でも話題になっていた。大量の下血があったということは、消化管からの出血で、下血はタール状だったので、出血部位は胃または十二指腸。出血の原因は、その量の多さからがんなどではなく、広汎《こうはん》な胃潰瘍《いかいよう》だと推定された。胃ろうがストレスになった可能性はあるが、なぜ突然、失血死を引き起こすほどの潰瘍が発生したのかと、医師たちは首を捻《ひね》っていた。

岡部は小塚さんの家族に連絡して、当直だった塙と部長の同席のもと、小塚さんが亡くなった状況を説明した。その際、死因を調べるために病理《びょうり》解剖をさせてほしいと申し出たが、娘さんに断られたとのことだった。

塙によると、岡部は不審死とまでは言わなかったものの、急死は想定外なので、ぜひ死因を確認させてほしいと強く求めたが、娘さんはこれ以上母につらい思いはさせたくないと、受け入れなかったらしい。

「そのとき、娘さんは二人の子どもに、『これでおばあちゃんも楽になったね』と話していました」

塙は看護師長にそう報告したらしい。

「あの先生、いったい何を考えているのかしら」

「あいつは小塚さんが亡くなって、よかったような顔をしてるんだ」

看護師長と岡部が、あきれたように言い交わしていた。

塙は小塚さんの死をどう受け止めているのか。それを聞くため、私は病棟をさがしたが、彼の姿はなかった。当直明けでもう帰ったのか。研修医ルームをのぞくと、塙はソファで爪の手入れをしていた。

「君はいつも爪をきれいにしているね」

私が言うと、塙は睡眠不足で充血した目を向けた。

「外科医でもないのに、どうしてそんなに爪を気にするんだ」

「別に」

爪やすりを使うのをやめずに言う。二人でいるとき、塙は私に丁寧語を使ってはいるが、口調はタメ口だ。

「小塚さんのこと、どう思ってるんだ」

「どうって?」

「想定外の急変だろう。おかしいとは思わないのか」

答えない。

「娘さんは母親が突然亡くなったのに、これで楽になったねと言ったのか」

「結果オーライということでしょう」

「亡くなってよかったという意味か」

「娘さんも、ほっとしたようだし」

その表情は高慢そのものだった。私は敢《あ》えてもう一歩踏み込んだ。

「仮に誰かが、小塚さんに安楽死を実行したとしたら、君はそれを容認するのか」

「もちろんですよ。そのほうが苦しまなくていいから」

即答だった。ふと、高校のとき、スズメを踏み殺した己一を思い出した。

真意を見極めようとしていると、塙の顔に薄笑いが浮かんだ。

「僕も聞いていいですか。もしも先生が、どうしても知られたくない秘密をだれかに握られたら、その相手をどうします」

「知られたくない秘密……。たとえば？」

「重大な犯罪とか」

答えられない。塙は爪やすりの手を止め、曲げた指に息を吹きかけた。

「僕ならその相手に消えてもらいますね」

「消えてもらう？」

「ええ、この世から。だれにもわからないように」

塙は切り裂くような目で私を見た。なぜそんな視線を向けるのか。

9

塙はやはり己一ではないのか。

あの目、あの声、あの表情はかつての己一にそっくりだ。

ふたたび疑念が脳裏《のうり》に渦巻《うずま》く。七年前の葬儀で柩に横たわっていたのはだれなのか。

遺体の赤黒い死に顔は己一の容貌だったし、背格好《せかっこう》も己一と同じに見えた。それに何より己一の母昌代さんが、たった一人の息子を亡くした悲しみに深く沈んでいた。

あのとき、私がおかしいと思ったのは、遺体の爪が伸びていたことだけだ。それがなければ疑問を抱くこともなかった。もしかして、手だけが別人だったなどということがあり得るのか。

数日後、九階の神経内科病棟から八階に下りる階段の踊り場で、塙が真理江と話していた。たまたま通りかかった私は、階段の手前で足を止め、上からようすをうかがった。塙は真理江を問い詰めているようだったが、声が壁に反響してよく聞き取れなかった。

「あ」

真理江が半身を乗り出した私に気づいた。

塙も私を認めると、口元を歪《ゆが》めて階段を下りていった。八階は泌尿器科と皮膚科の病棟だ。塙が担当している患者で両科を受診している者はいない。

踊り場から上がってきた真理江に、「どうしてこんなところに」と聞いた。

「塙先生に呼ばれたんです。聞きたいことがあると」

「聞きたいこと?」

「木瀬先生と付き合っているのかとか」

私たちの関係はだれにも知られていないはずだ。なぜ塙が気づいたのか。

「もちろん、否定しました。じゃあ、木瀬先生のことはどう思っているのかと聞くので、いい先生だと思いますと答えました」

「それだけ?」

「ほかのことは話していません」

塙は何を聞き出そうとしたのか。

10

浅沼さんと小塚さんが亡くなった夜は、二日とも塙が当直だった。

そのことであまり目立たなかったが、不審死があった夜は真理江も二日とも準夜勤務だった。塙がおかしな動きをして、真理江が妙な目で見られることは避けなければならない。

私は早急に墻の正体を知る必要を感じた。

母親の昌代さんに確かめようかと思ったが、七年前の葬儀のとき、遺体の爪の変化を指摘したら彼女は明らかに私の言い分を否定しようとした。であれば、墻のことを話しても、率直な答えは返ってこない可能性が高い。

長姉の時枝さんならどうだろう。あのとき、彼女には遺体の爪のことを話していない。私に対して拒絶的な印象もなく、むしろ懐かしそうだった。

時枝さんが中学校の国語教師になっていたことは、己一から聞いていた。たしか地元の中学校だったはずだ。今もその学校にいる可能性は低いが、とにかく電話をかけてみた。

案の定、時枝さんはすでに転勤していたが、私は彼女の弟の友人で、先生に連絡を取りたいと言うと、応対者は転勤先を教えてくれた。そちらに電話をすると、うまく時枝さんにつながった。己一のことで話したいことがあると告げると、会うことを承諾してくれた。

当直明けの午後、私は車で時枝さんが勤める中学校に向かった。職員室で面会を請《こ》うと、時枝さんは面談室に案内してくれた。七年前とさほど変わらず、いかにも国語の教師らしい物静かで知的な感じだった。

「久しぶりですね。立派なお医者さんになられて、見ちがえました」

以前は教師が生徒に話しかけるようだったが、今回は社会人として敬意を払う口調だった。

「己一の葬儀のときはありがとうございます。あの子は変わり者だったから、友だちも少なくて、葬儀に参列してくださったのは、先生だけでしたものね」

「先生なんて呼ばないでください。むかし通り木瀬くんでけっこうです」

「じゃあ、木瀬くん。今日は己一のことで何か？」

時枝さんの口振りに構えたところはなかった。

「お葬式のときのことをうかがいたくて。あのとき、時枝さんはご実家暮らしでしたか」

「いいえ。学校の近くのマンションで独り暮らしでした」

「己一が亡くなったことは、どうやってお知りになりましたか」

「母からの電話で。己一が下宿で首を吊ったと。驚きました。まさか自殺するなんて思っていなかったから」

「遺体を確認したのは？」

「母には見ないほうがいいと言われましたが、確かめずにはいられませんでした。だから、下宿から葬儀場に運ばれてきたときに見ました。それと、最後のお別れのときに。木瀬くんも見たでしょう。赤黒くむくんで」

「たしかに己一でしたか」

「どういうこと？」

時枝さんが不審そうに聞き返した。そこで種明かしをした。

「実は、己一が亡くなる二日前に、僕は会ってるんです。そのとき、彼は爪を深爪なほどに切りそろえていました。ところが、柩に花を入れるときに見ると、爪が二ミリ半ほども伸びていたんです。亡くなったあとに、そんなに爪が伸びるわけはない。だから、おかしいと思って」

時枝さんは、どう理解したらいいのかわからないようすだった。

「でも、あの遺体は己一だったでしょう。顔はかなり変貌していたけれど、面影はあったし、亡くなった場所もあの子の下宿だったのだから」

「僕にはどうも腑《ふ》に落ちないのです。爪だけ見れば、遺体は別人のように思えて」

「花入れのとき、わたしも己一の手を見たはずだけど、爪のことは覚えていないわ。木瀬くんが、亡くなる前に己一の爪を見たというのは確かなの?」

時枝さんはかつての教師ふうな口調で訊ねた。

「己一は高校のころからいつも爪をきれいにしていましたから」

「そうだったっけ。だとしても、遺体の爪は見まちがいじゃない?」

聞き方に決めつける圧力はなかった。昌代さんが強い否定の意思を感じさせたのとはちがう。

「実は、うちの病院に己一にそっくりな研修医が来たんです。顔だけじゃなくて、仕草や表情やしゃべり方も」

時枝さんは軽く驚く。

「あんまり似ているんで、己一がよみがえったんじゃないかなんて思ったくらいで。それで、時枝さんにお知らせしようと思って」

「世の中にはよく似た人がいるのね」

「医者になるまでいろいろあったみたいで、年まで同じなんですよ」

「へえ……」と言いかけて、時枝さんは何かに思い当たったように聞いた。

「その人の名前は？」

「塙亮二です」

「やっぱり」

時枝さんは思いがけない予想が当たったというように小さく叫んだ。

「それは己一の双子の弟よ」

双子の片割れ？　そんな弟がいたなんて、己一から聞いたことがなかった。

戸惑う私に、時枝さんが説明した。内容はこうだ。

母が妊娠したとき、双子だということは、もちろん産む前からわかっていた。男の子だとわかると父も喜んだ。ところが出産の前に、父は交通事故で亡くなってしまった。居眠り運転のトラックにはねられたのだ。自分の下には恵美もいて、双子の男の子ができると、母はひとりで四人もの子どもを育てなければならなくなる。経済的にも体力的にも無理だと判断した母は、病院に相談して、泣く泣く双子の一人を養子に出すことにした。当時、二歳だった恵美は別として、十歳だった自分は双子の弟を楽しみにしていたこともあり、母から詳しい事情を聞かされた。双子は己一と亮二と名づけられ、どちらを養子に出そうか迷ったが、母は先に生まれた己一を手元に置くことにした。

昌代さんが時枝さんにきつく口止めをしたので、己一はもちろん、恵美さんも亮二の存在を知らないままだったという。

「研修医ということは、亮二もお医者さんになったのね。よかった」

「よかったとは？」

「亮二を養子に出した先の塙さんの家は、ちょっとむずかしい問題を抱えていたから。あとでわかったことなんだけど、ご主人が暴力を振るう人で、夫婦仲も悪くて、いわゆる機能不全家族だったの」

「昌代さんもそのことは知っていた？」

「たぶん」

時枝さんの話を聞いて、私にはひらめくものがあった。遺体の爪の謎もこれなら説明がつく。

11

次の日曜日、私は前もって己一の母、昌代さんに連絡をして会いに行った。

久しぶりに訪ねた己一の実家は、懐かしい子ども時代を思い出させた。何度も遊びに来ては己一の博識《はくしき》に感心し、読書量に圧倒され、幼稚な同級生たちとは別次元の会話を交わした場所だ。

七年ぶりに会う昌代さんは、老《ふ》けてさらに小さくなったように見えたが、笑顔で応接間に迎え入れてくれた。

私は挨拶もそこそこに、己一の葬儀のことを持ち出した。

「あのとき、僕が己一の遺体の爪を疑問視したのを覚えていますか」

「……さあ」

曖昧な表情だ。忘れているのか。あるいはとぼけているのか。私は警戒しながら続けた。

「先日、時枝さんに会ってきたんです。時枝さんから、己一には双子の弟がいたことを聞きました。時枝さんに会いに行ったのは、うちの病院に己一にそっくりの研修医が来たからです」

昌代さんは落ち着かないようすで、視線をさまよわせる。私は違和感を抱いたが話を続けた。

「その研修医は顔だけでなく、表情や仕草も己一にうり二つで、年齢まで僕たちと同じです。名前は塙亮二。時枝さんにそう告げると、それは己一の弟だと言いました。でも、いくら一卵性双生児でも、育った環境がちがえば、雰囲気まで同じにはならないでしょう。彼はあまりに己一に似すぎている。それは彼が己一本人だからじゃないですか」

昌代さんは答えない。私は一気に追い込むつもりで言った。

「己一は死んでいない。七年前の葬儀で、柩に納まっていたのは亮二さんでしょう。お母さんがそれに気づかないはずはない。いくら死後、発見が遅れて容貌が変わったとしても、実の息子を見まちがうことはあり得ない。そうと知りながら、あなたが敢えて己一が亡くなったことにしたのは、亮二さんを殺したのが、己一だったからじゃないですか。己一の罪をかばうため、亮二さんを己一として葬った。ちがいますか」

私が迫ると、昌代さんは唇を噛んだまま、かすかに顎《あご》を震わせた。

にらみ合うこと十数秒。昌代さんは崩れるようにうつむき、弱々しい声で言った。

「あたしは、あの子の、爪にまで、気がつかなかった……。木瀬くんが、爪のことを言わなければ、こんな気持ちにならずにすんだのに」

やっぱりそうだ。事実が明らかになったのはよかったが、私はさらにその経緯を知りたいと思った。

「なぜそんなことになったのです。何か深い事情があったのでしょう」

昌代さんはテーブルに両肘を突き、か細い声をしぼり出した。

「双子が男の子だとわかったとき、お父さんも喜んでいた。なのに、交通事故に巻き込まれて、お父さんさえ死ななければ、つらい決断をすることもなかったのに……」

そう言うと、頭を抱えるようにして泣き崩れた。

少し落ち着くのを待ってから、私は言った。

「亮二さんを養子に出さざるを得なかった事情は、時枝さんから聞きました。致《いた》し方《かた》なかったと思います。だけど、どうしてその亮二さんを己一が？」

「全部、あたしが悪いんです。無理をしてでも、あの子を手放すべきではなかった。だけど、まさか養子に出した先が、あんなことになるとは」

「塙さん夫婦のことですか」

「はじめはいいご夫婦だったの。ところが、亮二が小学校高学年になったころ、ご主人が事業に失敗して、お酒を飲むようになって、奥さんに暴力を振るい、亮二にもひどい仕打ちをしたらしい。おまえなんか息子じゃない、犬の子をもらったほうがましだったなどと言われて、あの子は自分が養子だと知った。お母さんもかばってくれなくて、亮二が高校に上がるころには、家庭は崩壊していて、亮二は悪い仲間と付き合うようになり、暴走族のようなこともしていたらしい。高校は何とか卒業したけれど、そのあと家を飛び出して、ホームレスのような生活をしながらその日暮らしをしていた。それで、どうやってかこの家を見つけて、怒鳴り込んできたのよ」

「怒鳴り込んだ？」

「よくも俺を捨てたな、ロクでもない家に養子に出されて、俺の人生はめちゃくちゃになったと。申し訳ないと思うなら、金を出せとまで言った。己一は夏休みで帰っていて、驚いたようだったけど、はじめは冷静に話そうとしていたの。ところが亮二は己一にも難癖《なんくせ》をつけて、おまえは俺がいなくなったおかげで、経済的に余裕ができて、大学にも行かせてもらったんだろ、のうのうと暮らしやがってと、そばにあった花瓶《かびん》を己一に投げつけた。それで己一が逆上して、亮二につかみかかって、あたしは必死で二人を分けたけれど、己一は亮二が帰ったあとも怒っていて、あの日、そう、木瀬くんが己一と居酒屋で会った二日後よ。お金を渡すとか何とか言って亮二を呼び出して、いきなり用意していたロープで亮二の首を絞めたの。あたしはびっくりして止めようとしたけれど、己一は興奮しきっていて、とても止められなかった」

己一が本気で殺そうと思ったのなら、母親の力ではとうてい制止できなかったろう。

「亮二が白眼を剝いて絶命しているのを見て、あたしはパニックになった。けれど己一は落ち着いていて、こいつを生かしておいたらまた金をせびりに来る、だから、下宿に運んで俺が自殺したことにすると言った。ロープで首を絞める角度から、死斑の出る位置まで計算ずみだからと、遺体を壁にもたれさせた。夜中になるのを待って、己一とあたしで亮二の遺体を車で運んだ。ロープをドアノブに掛け、亮二の首に何重にも巻きつけて、腰を浮かした形で首を吊ったように見せかけた。そんな格好で死ねるのかと思ったけれど、己一は大丈夫だと言って、となりの学生が地元から帰ってくるのは一週間ほど先だから、発見が遅れれば絞殺《こうさつ》されたのか、縊死《いし》したのかわからなくなるって。実際、警察も自殺として処理してくれたし」

やはりあの遺体は亮二だったのだ。

「いくら一卵性双生児でも、そのあと己一が亮二さんになりすますのは簡単ではないでしょう」

「亮二は免許証を持っていたから、それを身分証の代わりにして、役所の書類も取ることができた。塙の家とは絶縁状態だったようだから、そちらから気づかれることもなくて」

そこまで話すと、昌代さんは深いため息をつき、放心した。

己一ならやりかねない。しかし、それならわざわざ医者になってまで、なぜ私の前に現れたのか。

そう思っていると、昌代さんがつぶやくように言った。

「木瀬くんはどうするつもり。己一がやったこと、警察に言うの」

「今さらそんなことはしませんよ」

「だけど、秘密を知られていると思うと、あたし、心配で」

昌代さんが半泣きで言うと、扉の向こうから「心配することはないよ」という声が聞こえた。

扉が開くと塙が、いや、己一が立っていた。

12

「久しぶりだな、礼治《れいじ》。いや、いつも病棟で顔を合わせているか」

己一はむかしにもどって私を名前で呼び、昌代さんの後ろに立った。

「どうしておまえ、ここに」

「母さんから礼治が来ると聞いたからな。母さんはずっと不安に思っていたんだ。おまえがあの遺体に疑いを持っていたから」

「それで、おまえは僕の前に現れたのか」

「居酒屋で飲んだとき、俺は〝コム・イル・フォ〟の話をしただろ。だから、おまえが亮二の爪に気づくことはわかっていた。自殺する素振りも見せなかったから、きっとおまえが混乱するだろうと思ってな。ただ、おまえが爪のことを話して、母さんがこんなに不安がるとは思わなかった。だから、場合によっては消えてもらうつもりだった。だれにも見つからない方法でな。医者になればじっくり愉しめるだろう。だけど、おまえを消す必要はなくなった」

「どういうことだ」

「淵上真理江だよ」

驚く私を尻目《しりめ》に己一は続けた。

「彼女は二件の不審死があったとき、どちらも準夜勤務で病棟にいた。俺が担当していた浅沼さんは植物状態だったが、呼吸は人工呼吸器で管理していたから安定していた。それが突然、亡くなった。死因を調べるために診察したら、眼瞼に点状出血があった。窒息《ちっそく》の徴候だ。人工呼吸器は作動していて、アラームも鳴らなかったのに、なぜ窒息したのか。答えはひとつだ。だれかが人工呼吸器のスイッチを切って、患者が亡くなったあと、ふたたびスイッチを入れたんだ。人工呼吸器はコードが抜けてもアラームは鳴るが、スイッチを切ればアラームは鳴らない。浅沼さんが亡くなっているのを見つけたのは淵上だ。彼女はその二時間ほど前にも訪室している。おそらく、そのとき人工呼吸器のスイッチを切ったんだろう」

「証拠はあるのか」

「慌《あわ》てるな。次に不審死をした小塚さんは、夜明け前に大量の下血で失血死した。家族が解剖を拒否したから、証明はできないが、おそらく胃に広汎な出血性潰瘍ができたのだろう。そんなものが急にできるわけはない。胃ろうから劇薬《げきやく》でも注入しないかぎり」

「それを彼女がやったと言うのか」

「あの夜、淵上は何度か準備室に出入りしていた。消毒液の棚には稀釈して使うギアミトールが置いてある。原液のまま胃ろうから注入すれば、じわじわと粘膜《ねんまく》をただれさせ、時限爆弾のように大出血を引き起こすだろう。本人には強い眠剤《みんざい》を投与して、先に眠らせておけば潰瘍の痛みを訴えることもない」

「デタラメを言うな。あの二件の不審死は両方ともおまえが当直の晩で、だれも口には出さないが、疑われているのはおまえだぞ。病棟でおかしなことが起こるようになったのは、おまえが来てからだと看護師も言ってたからな」

「俺にはわかっていたよ。岡部の聴診器がなくなったり、プラスチック手袋の箱に注射針が入っていたり。俺に疑いの目を向けさせるために、おまえがやったんだろう、礼治」

見抜かれていた。さすがは己一だと思う一方で、真理江のことが気になった。

己一が続ける。

「俺が当直の晩に続けて患者が不審死をすれば、当然、俺が疑われるとおまえは思った。だがな、逆に言えば、俺は二晩ともその不審死を現場で目の当たりにするということを忘れていたんじゃないか。浅沼さんが亡くなったとき、淵上の動揺はふつうじゃなかった。それで彼女を疑ったが、あの内気な淵上がひとりで安楽死を実行できるわけはない。だれか黒幕がいるんじゃないか。それで階段の踊り場に呼び出して、追及しようとした。あのときはおまえに見られて中断したが、おまえが当直明けで帰ったあと、邪魔《じゃま》が入らないところでカマをかけてみた。あんたが人工呼吸器のスイッチを切ったのはわかっている、胃ろうからチアミトールを注入した証拠もあるとな。淵上は簡単に落ちたよ。具体的な方法をおまえに示唆《しさ》されたことも白状した。あれは善意の安楽死、慈悲《じひ》殺人だと言いくるめたそうだな。たしかに浅沼さんも小塚さんも、尊厳のない悲惨な延命治療を受けていたから、安楽死または尊厳死の対象かもしれん。だが、今の日本じゃ立派な犯罪だ」

「真理江にそれを言ったのか」

「そんな脅《おど》すようなことは言わんさ。逆だよ。あんたのやったことは正しい。浅沼さんも小塚さんも、きっとあの世で感謝しているよと慰めた。秘密を聞き出すためには、味方のふりをするのがいちばんだからな」

どこまで卑劣《ひれつ》なんだ。己一は昌代さんの背中に手を当て、優しく言った。

「だから、母さん、心配はいらないよ。俺が礼治の秘密をつかんでいるかぎり、礼治も亮二のことは明かせないから」

「じゃあ、安心していいんだね」

「大丈夫だ。なあ、礼治。俺とおまえは互いに相手の秘密を知るイーブンの関係だ。これからも仲よくやろうじゃないか、むかし同様に。どちらも警察の目を誤魔化《ごまか》した者同士なんだから」

私は返す言葉がなかった。

13

むかし同様に仲よくと、己一は言った。ずっと親友だと思っていたが、ほんとうにそうだったのか。

たしかに己一は私をほかの凡庸《ぼんよう》な級友とは区別していた。私はそのことにアンビバレントな思いを抱いていた。特別扱いを喜ぶ一方で、己一が内心で私を見下し、困惑させたり混乱させたりして、愉しんでいたのを知っていたからだ。私はいわば彼の知的玩具だったのだ。七年たってふたたび私の前に現れたのは、私をいたぶることへの執着の表れだ。

互いの秘密を知る関係と言ったが、そのどこがイーブンなのか。証拠もない七年前の殺人と、看護師をそそのかして実行させた二件の安楽死では、逮捕される危険性は雲泥《うんでい》の差だ。

真理江に己一のことを聞いてみた。彼は何と言ったのか。

「塙先生は、木瀬先生の考えに同感だと言ってました」

「問い詰められて白状したことを、どうして僕に言わなかった」

「木瀬先生には言わないほうがいいと言われて。秘密を知っている人間は、少ないに越したことはないからと」

愚かな真理江。それが己一の本心なわけないではないか。自己肯定感が低く、言われたことをすぐに信用してしまう真理江。そこがまあ、私にとっても好都合だったのだが。

塙の口先だけの嘘と、秘密を握られた危険性を説明すると、真理江はすぐに私を信じた。私も己一同様、サイコパスであることには気づかずに。

14

三日後、夕刊の片隅に小さな記事が出た。
『研修医駅ホームから転落死
午前7時45分ごろ、誠心会総合病院の研修医、塙亮二さん（29）が、地下鉄の駅のホームから転落し、進入してきた電車にはねられ死亡した。朝の通勤ラッシュでホームは混雑していたという』
真理江には、眼鏡ははずしておくようにとだけ言っておいた。
幸い、己一が転落した背後に、ベリーショートの女性が目撃されたという証言は出ていない。

己一はその発想力で何度も私を魅了したので、別格だと思っていたが、彼が消したのは亮二だけだ。私は三人消して、何も感じていない。実は私のほうがサイコパスとして格上だったのだ。

思わず薄笑いが浮かんだ。

明日からまた医師の仕事が待っている。

闇の論文

1

午後八時二十分。

山極温《やまぎわゆたか》は大学の研究室で、がん遺伝子に関する英語論文を読んでいた。

教授や准教授はもちろん、スタッフのほとんどはすでに帰宅し、生命機能研究科のフロアは閑散《かんさん》としていた。頭上では古びた蛍光灯が、ジーと耳障《みみざわ》りな音を立てている。

鬱屈《うっくつ》した思いで天井を見上げ、ふたたび手元の雑誌に目を落とす。スタッフの中で、海外の専門誌を購読しているのは山極だけだ。こんな地方の大学に来てまで、英語論文を読むのは、かつて京都の大学で、将来を嘱望《しょくぼう》された研究者としてのプライドによるものか。

空《むな》しい思いが込み上げるが、邪念を払い、論文に集中する。

となりの実験室では、山極が指導している若手研究員の丸山真一《まるやましんいち》が、まだ居残っているようだ。熱心なことだと思いながら英文を目で追っていると、廊下で勢いよく扉の開く音がして、その丸山が研究室に駆け込んできた。

「山極先生、やりました。今回も生検《せいけん》グループのマウスで、肝臓と肺への転移《てんい》が認められました。見にきてください」

山極は急《せ》きたてられるようにして、丸山の出てきた実験室へと向かった。先を行く丸山が興奮した声で振り返る。

「もうお帰りになったかと思ったのですが、先生のことだから、きっとまだいらっしゃると思って。少しでも早く結果をお知らせしたかったんです」

実験室に入ると、照明を落とした暗い机の上で、パソコンのモニターが怪しげな光を放っていた。

「見てください。生検グループのマウス、十四の内、三匹に転移が確認できます。コントロール群はゼロです」

モニターに映し出されているのは、黒の背景に黄緑色に浮かび上がったマウスのシルエットだ。背中に光っているオレンジ色の塊《かたまり》は、皮下に移植した早期胃がんの細胞である。十四映し出されている内、二匹は腹部に、一匹は胸に、小さいけれど鋭い輝点《きてん》がオレンジ色に光っている。明らかな転移だ。

「コントロール群のマウスを見せてくれ」

「了解」

机の前に座った丸山が別の画像を映し出す。十分割された画面に、黄緑色のマウスのシルエットが浮かび上がる。いずれも光っているのは背中の塊だけだ。

「これで三回連続で明確な差が出たということだな。それなら文句のつけようはない。いよいよ論文の執筆にかかれるな」

「ご指導、よろしくお願いします」

モニターの光が顔に反射し、彼はまるで洞窟の中で宝の箱を見つけた海賊《かいぞく》のように目を輝かせた。

丸山の論文。それは画期的な内容になるはずだった。がんの診断のために行われる生検（病変の一部を鉗子《かんし》などで採取すること）が、がんの転移を引き起こす可能性について、マウスで科学的に実証したのである。

「実験の成功おめでとう。まずは祝杯を挙げようじゃないか」

「でも、先生。この近くには居酒屋もないし、コンビニさえないんですから、どうやって祝杯を挙げるんです」

「こういうときのために、控え室の冷蔵庫にビールがあるんじゃないか。つまみだって買い置きがあるだろ」

二人が所属する西国大学《さいごくだいがく》の医学部は、周囲に何もない郊外にあるため、商店はおろか民家さえまばらだった。

山極は丸山を引き連れて、教授室の横にある控え室に入った。冷蔵庫からロング缶のビールを数本取り出し、テーブルに並べる。戸棚の下を物色して、「ロクなものがないな」とボヤきながら、スナック菓子と炙《あぶ》りするめを持ってきた。

「さあ、乾杯だ。丸山君、おめでとう。君はほんとうによく頑張った。実験の開始から二年余りか。最初は思い通りの結果が出なくて焦ったよな」

一回目の実験では、五匹ずつのマウスにがんを移植して比較試験を行ったが、生検をしたグループとしなかったグループのいずれからも、転移は確認されず、実験は失敗かと思われた。

それで二回目はマウスの数を増やして、十四ずつのマウスで比較試験を行い、生検グループから三匹、コントロール群から一匹の転移を確認した。三回目はがんの生着が思うようにいかず、六匹と八匹の比較だったが、転移は生検グループに二匹、コントロール群には一匹だった。そして今回、四度目はふたたび十四ずつのマウスで比較し、生検グループで三匹の転移、コントロール群はゼロなので、有意差《ゆういさ》が出たのはまちがいなかった。

「今回の成功は、君のがん治療に対する熱意の賜物《たまもの》だ」

「いえ、すべては先生のおかげです。かつて『ネイチャー』に論文をアクセプトされた先生のご指導あってのことです」

山極の論文が、世界的な科学雑誌「ネイチャー」に掲載されたのは、今から五年前、彼がまだ京洛大学《きょうらくだいがく》医学部の研究員として、がん遺伝子の研究に取り組んでいるときだった。

三十二歳でオリジナルの論文が掲載されたのは、大学でも話題になるほどの快挙だった。しかし、それが仇《あだ》となって、やがて大学を追われることになるとは、そのときは思いもよらなかった。

わずかに間が空くと、アルコールに弱いらしい丸山が、ふいに赤い顔を曇らせた。

「僕の論文、『ネイチャー』は当然、無理だと思いますが、どこか海外の雑誌にアクセプトされるでしょうか」

「不安なのか。俺が全力でサポートしてやるよ。心配すんな」

「最近は少しましになったみたいですが、海外では、まだまだ日本人の論文は厳しい目で見られるのでしょう。例のSTAP細胞のねつ造論文以来」

ねつ造という言葉が、山極の耳に毒針のように刺さる。飲み干したロング缶をきつく握り、打ちつけるようにテーブルに置いた。

「STAP細胞の件は、論文もひどかったが、それを掲載した『ネイチャー』もずるいと思わんか。いかにねつ造が巧妙でも、掲載に踏み切ったのは編集部だ。なのに編集部は、論文の信憑性《しんぴょうせい》が疑われたあと、著者らが論文を取り下げたと発表しただけで、謝罪のコメントなどはいっさいなしだ。だいたい、欧米人には日本を含むアジア人に対して、抜きがたい偏見がある。明らかな差別だ」

山極の声が大きくなる。すでに二本目のロング缶を半分ほど空け、彼自身も酔いはじめている。

「歴史的に見てもそうだ。君は俺と同姓の山極勝三郎《かつさぶろう》博士の話を知っているだろ」

「世界初の人工がんを作った人ですね。第一次世界大戦のころに、ウサギの耳に三年以上もコールタールを塗《なす》り続けたという」

「その山極博士の研究が、以後の医学にどれだけ貢献したことか。がんの治療を動物実験で研究できるのも、すべて人工的にがんが作れるようになったおかげだ。言うまでもなく、ノーベル賞に値する研究だった。それなのに――、受賞を逃した理由を知っているか」

首を縦にも横にも振らない丸山に、山極は憤然《ふんぜん》と言い放った。

「アジア人にはノーベル賞は早すぎるという意見が、いわばノーベル賞の選考委員会で出たからだ。こんな差別、許せるか」

ドスンと拳《こぶし》でテーブルを打つ。丸山がおずおずと言い返す。

「それは都市伝説でしょう」

「伝説なんかじゃない。審査を依頼されたスウェーデンの科学者が証言してるんだ。しかも、山極博士の代わりに受賞したデンマーク人、フィビゲルの人工がんは、後にフェイクだったことが判明した。ノーベル賞の黒歴史だ。だから、俺は君の論文を、ぜひとも一流の医学雑誌に載せて、山極博士の雪辱《せつじょく》を果たしたいんだ」

「ありがとうございます。それなら僕も嬉《うれ》しいです」

「この研究で、君は一躍、がん研究の有望新人としてデビューできるだろう。俺もその門出に立ち会えて嬉しいよ。これから君は俺のライバルだ。お互い切磋琢磨《せっさたくま》して、もっともっと、医学の発展に貢献しよう」

山極は酔眼《すいがん》で丸山を見て、テーブル越しに腕を伸ばした。両肩をつかまれた丸山は、指導教官を見ながら居心地の悪そうな苦笑いを浮かべた。

2

山極温は子どものころから優秀で、公立高校から京洛大学の医学部に現役で合格し、学生のころから基礎医学の研究室に出入りしていた。

卒業後は大学院に進み、分子《ぶんし》生体統御学《せいたいとうぎょがく》講座に在籍して、がん遺伝子の研究をはじめた。分子シグナル制御の研究で博士号を取得したあと、二十八歳から二年間、アメリカの名門、ジョンズ・ホプキンス大学に留学した。その後、三十二歳のときに、TP53という腫瘍《しゅよう》抑制因子の変異が、高度の発がん性につながることを発見し、その論文が「ネイチャー」に掲載されたのだった。

当時、山極は特任助教だったが、正式な助教を飛び越えて、一挙に准教授に昇格するのではないかと噂された。ところがしばらくして、山極は事件に巻き込まれる。自分が指導をしていた大学院生の論文が、電子版の「ネイチャー」に掲載されるという快挙をなし遂げた直後、ねつ造であることが発覚したのだ。ねつ造は電気泳動の画像を反転させて仮説に合わせたという単純なものだったが、単純であるがゆえに見破るのはむずかしかった。それを指摘したのは、似たような実験をしていたアメリカの研究者だった。

この論文ねつ造事件は、媒体が「ネイチャー」だったこともあり、新聞や週刊誌で大きく取り上げられた。山極は指導教官として責任を問われ、窮地《きゅうち》に立たされた。論文を掲載した「ネイチャー」にも責任があると主張したものの、「ネイチャー」側の反応は無視だった。地位を脅かされそうになっていた准教授に激しく批判され、教授も山極を守りきれず、三年前、西国大学の生命機能研究科に、助教として赴任せざるを得なくなったのである。

不運以外の何ものでもなかったが、自分の論文が「ネイチャー」に出たあと、有頂天《うちょうてん》になって周囲の嫉妬《しっと》と反感を買っていたのは事実で、味方になってくれる者がいなかった。泣く泣く都落ちをした山極のもとに、新人の丸山真一が配属されたのは、今から二年半前のことである。

丸山は西国大学の医学部を卒業したあと、消化器外科に入局して、がん患者の診療に従事していた。何人かの患者の手術を経験する中で、彼は臨床医として治療を続けていても、救える患者には限りがあることに気づく。それよりも研究者になって、がんの転移のメカニズムを解明できれば、はるかに多くの患者を救える。そう考えた丸山は、外科の医局を離れて、生命機能研究科の門を叩いたのだった。

転移のメカニズムは、もちろん簡単には解明できない。まずは基礎的な実験を繰り返していたが、外科医のときから疑問だったのは、早期がんでありながら、転移で命を落とす患者の存在だった。がんは手術で取り除くのだから、転移は手術の前に細胞レベルで起こっているにちがいない。早期がんにもかかわらず、なぜ転移するのか。

そこで閃《ひらめ》いたのが、がんの一部を切り取る検査、すなわち生検が、転移を引き起こすのではないかというアイデアだった。

がんの転移には、主に血行性《けつこうせい》とリンパ行性《こうせい》があり、それぞれ、血管とリンパ管にがん細胞が侵入することによって起こる。生検のときには、ほぼまちがいなく出血するし、腫瘍を鉗子でつまみ取るときには、当然、がん細胞は剝がれる。であれば、がん自身が増殖《ぞうしょく》して血管の壁を破るよりも、はるかに簡単に、がん細胞は血管内に侵入するのではないか。

丸山はこの考えを指導教官になった山極に話した。

――それは面白いアイデアかもしれない。しかし、どうやって生検が転移のリスクを高めることを証明するつもりだ。

――まず、マウスにがんを発生させて、片方のグループは生検に近い形で腫瘍を傷つけ、コントロール群はそのままにして、数カ月間、経過を追い、傷をつけたグループのマウスで、転移が有意に多く起こっていることを確かめます。

——なるほど。ところで、マウスにはどうやってがんを発生させるんだ。

山極が問うと、丸山は答えに詰まった。

——がんを発生させたとして、そのあと転移の有無はどうやって調べるつもりだ。

この問いにも答えられなかった。

——実は、それを山極先生に指導してもらおうと思いまして。

頭を掻《か》きながら言う丸山にあきれつつも、山極は悪い印象は持たなかった。

彼にはこの二つを同時に解決するノウハウがあった。ヌードマウス（実験用に開発された無毛のマウス）の皮下に、蛍光タンパクの遺伝子を導入したがん細胞を移植する方法だ。ヌードマウスは免疫機能が抑えられているので、がん細胞を移植しても拒絶反応は起こらない。移植したがん細胞は、蛍光イメージャーを使うことで蛍光を発し、生きたまま全身の透視イメージングができる。体外から転移の有無を確かめられる〝生体蛍光イメージング〟という手法である。

山極が指導すると、丸山はまずはがん細胞の移植実験からはじめた。生検モデルで腫瘍を傷つける処置は、人間の胃がんの生検のサイズを考慮して、眼科用のピンセットで腫瘍の一部を採取することで代用した。

がんを移植したあと、腫瘍が五ミリ大になるのを待って、マウスを無作為に生検グループとコントロール群に分け、四カ月後に蛍光イメージャーで転移の有無を調べた。それを四回繰り返し、今回、三回連続で、生検グループで有意に転移が多く起こることが証明されたのである。

丸山はさっそく翌日から論文の執筆に取りかかった。英語論文にはひな形があり、データさえしっかりしていれば、執筆にさほどの時間はかからない。がんを移植したヌードマウスの写真、眼科用のピンセットを使った生検モデルの写真、さらに一回から四回までの転移マウスとコントロール群のマウスの画像を入れると、説得力のある草稿ができあがった。丸山のつけたタイトルは、『Insights into possible risk of metastasis of cancer caused by biopsy（生検により起こり得るがん転移のリスクについての洞察）』である。

山極がそれに手を入れて、海外の雑誌に採用されやすいように体裁を整えた。あとは教授の裁可を得て投稿するばかりである。

「この論文は、実質的に君のデビュー作だから、投稿先はそれにふさわしい雑誌にしなければいかんな」

「ありがとうございます。どの雑誌にするかは先生にお任せします」

山極は慎重に考えた末にこう提案した。

「投稿先は、『ネイチャー』でもいいが、アメリカの『スコラー』のほうがいいんじゃないか。がんの研究に関しては、『ネイチャー』よりも優れた論文が集まっているし、インパクトファクター（論文の引用回数による雑誌の影響力）も抜群だからな」

「ありがとうございます。感激です」

丸山は嬉しそうな声をあげて、息を弾《はず》ませた。

「もしも論文がアクセプトされたら、留学も夢ではなくなりますね。ジョンズ・ホプキンスみたいな有名なところでなくてもいいですから、世界中の研究者が集まるところでディスカッションをしてみたいです」

その表情には、将来への自信と希望が漲《みなぎ》っていた。山極も、熱意にあふれる後輩が画期的な論文を仕上げたことを、心から祝福した。

3

山極は午後いちばんに、丸山を従えて教授室に向かった。

教授の北里忠治《きたざとちゅうじ》は、元々大阪の阪都大学《はんとだいがく》にいたが、ポスト争いに敗れて都落ちしてきた研究者だった。それなりに優秀だが、典型的な事なかれ主義者で、毒にも薬にもならないというのが山極の人物評だ。専門はミトコンドリアの分裂と融合で、そんな地味なテーマにこだわっているからポスト争いに負けるんだと、内心で北里を軽んじていた。

「失礼します」

ノックをして扉を開けると、北里は重厚なデスクの向こうで、肘掛け椅子に小柄な身体を沈めていた。薄い黒髪にちょび髭、鼻眼鏡の奥に抜け目のない小さな瞳が光っている。

「丸山君が取り組んでおりましたがん転移の実験、データが揃いましたので、論文を見ていただきたく存じます」

「う、ああ」

前もって報告はしていたが、自分の研究以外に興味を示さない北里は忘れている可能性が高かった。彼が執心しているのは、定年まで教授の椅子に座り続けることだけだ。

山極は北里の注意を喚起《かんき》するため、声に力を込めた。

「画期的な論文ですので、ぜひともご裁可のほどをよろしくお願いいたします。内容に問題がないようでしたら、『スコラー』に投稿したいと考えておりますので」

「『スコラー』？　それはまた大きく出たな」

北里は椅子にもたれたまま、皮肉な嗤いをもらした。

論文のコピーを手渡すと、北里は鼻眼鏡のままチラと見ただけで、未決裁トレイにポンと投げ入れた。

舌打ちしそうになるのを抑えて、早口に告げた。

「北里先生、お忙しいのは重々承知しておりますが、この論文はぜひとも優先的に取り扱っていただきたく存じます。万一、同じ内容の論文が、海外のどこかの研究室から提出されましたら、せっかくの丸山君の業績がフイになります。ご承知の通り、研究の世界には銀メダルはございませんので」

発見の名誉と栄光は、最初に論文を出した者にのみ与えられる。たとえ独自に同じ発見をしていても、論文が遅ければ見向きもされないのが研究の世界の常識である。

「よろしくお願いいたします」

丸山も続けて、最敬礼をする。

「わかった、わかった」

面倒くさそうな返事に、ふたたび舌打ちしそうになったが、山極はそれを堪《こら》えてまわれ右をした。

教授室を出たところで、追いかけるように出てきた丸山が不安気に聞いてくる。

「北里先生、大丈夫でしょうか」

「いくらボンクラ教授でも、論文を読めば目が覚めるさ。がんの診断界にあっと驚く一石を投じる論文なんだからな。今日中に目を通さないようなら、明日朝いちばんに催促してやるよ」

「よろしくお願いいたします」

丸山は、山極さえ味方でいてくれれば安心だとばかりに笑顔を見せた。

4

その日の午後五時半。山極がネットで「スコラー」の論文を検索していると、教授の秘書が来て、「北里先生がお呼びです」と言った。

「丸山先生もごいっしょにとのことです」

丸山がまさかという顔で立ち上がり、近づいてくる。

「もう論文を読んでくださったんでしょうか」

「意外に早かったな。読みだしたら止まらなかったんじゃないか」

さっそく二人して教授室に向かう。

「失礼します」

上機嫌を期待して入室すると、デスクの向こうにあったのは、予想外の無表情だった。不審に思いながらデスクに近づくと、北里は論文を指さして不機嫌な声で言った。

「この論文は、ウチから出すわけにはいかんよ」

山極はすぐに状況を理解することができなかった。

「ウチから出せないというのは、どのような理由でございますか」

その問いを無視して、北里は山極の半歩後ろに立っている丸山に、厳しい視線を向けた。

「君はいったい、どういうつもりでこの実験をはじめたんだ」

「外科医をしておりましたころ、早期がんにもかかわらず、手術後に転移の見つかる患者さんが少なからずいましたので――」

「そんなことを聞いとるんじゃない。この研究の本質がわかっているのかと聞いてるんだ。山極君はどうだ」

いきなり問われて身構えたが、ここは断固、明確に答えなければならない。

「この研究は、検査のために行われる生検が、がんの転移のリスクを高めている事実を証明したもので、転移のメカニズムに新たな視点をもたらす画期的なものだと思料《しりょう》いたします」

「その先はどうなるんだ」

「その先――でございますか」

意表を衝《つ》かれ、山極は答えに詰まった。

北里が苛立った声で続ける。

「この論文を発表したあと、がんの確定診断はどうやってつけるのかと聞いとるんだ」

がんの診断は、病理検査でがん細胞を確認してはじめて確定する。X線の画像や内視鏡による腫瘍の確認は、がんの疑いを示唆するだけで、確定診断にはならない。

「転移のリスクがあるからと言って、生検ができなくなったら、ほかに確定診断をつける方法があるのかね。それなくして、生検が転移のリスクを高めるなどという論文を出せば、現場は大混乱に陥る。そんな論文は、とてもウチの研究室から出すわけにはいかない」

「ちょっとお待ちください」

教授ともあろう人が何を言っているのか。山極は態勢を立て直し、それこそ医学研究の本質に思いを馳せて反論した。

「いくら好ましくない結果であれ、医学的に正しい内容であれば、公表すべきではありませんか。マイナス面を認めることによってこそ、問題が改善され、医療は新たなステージへと進んでいくのですから」

「それなら問題の改善、すなわち生検によらない確定診断の方法を開発してから、公表すればいいだろう。だったら混乱も最小限に抑えられる」

「その前に医学的な事実は、率直に受け入れるべきです」

「きれい事を言うな。そんな建前論は現場には通用せんぞ」

建前論と言われ、山極は顔が強張《こわば》った。

「しかし、生検に転移のリスクがあるのを知りながら、その事実を公表しないのは、患者を転移の危険にさらし続けるのも同然ではありませんか。医療者として許しがたい欺瞞《ぎまん》です」

わざと相手を怒らせるような言い方をすると、北里も感情的になって怒鳴った。

「この論文を公表したら、早期がんで転移した患者や家族が、生検のせいで命を落としたと言い出しかねないぞ。そうなったらマスコミも騒ぐだろう。その責任はだれが取るんだ。冗談じゃない。そんなスキャンダラスな論文を、ウチから出せるわけがないじゃないか」

広すぎるデスクの上で、拳を震わせている北里の本心は、結局のところ、自分が騒動に巻き込まれたくないに尽きると、山極は看破《かんぱ》した。情けない。それでも大学医学部の教授と言えるのか。

山極は立ったまま北里を見下ろし、怒りのこもった声で低く言った。

「丸山君はこの二年余り、忍耐強く実験を繰り返してきたのです。そしてようやく手にしたこの画期的な発見を、北里先生は世間を騒がすというような下世話な理由で、握りつぶそうとされるんですか」

「言葉を慎《つつ》しみたまえ」

山極が北里を軽んじているのと同様に、北里も明らかに内心で山極を嫌っていた。丸山の論文つぶしは、自分に対する嫌がらせではないのか。山極はありったけの怒りを込めて小柄なボスを見つめたが、北里もまた教授の権威を盾《たて》に、どす黒く濁った目で山極をにらみ上げた。

「この件は、これで終わりだ。だれが何と言おうと、だめなものはだめだ」

突き返された論文を、丸山が身を屈めるようにして受け取った。

5

山極は全身の血が煮えくり返る思いだった。教授室を出ると、「くそっ」と、発作的に壁を殴りつけたが、痛みはまったく感じなかった。丸山が遅れまいと小走りについてくる。落胆のようすは隠しようもなかった。

まだ午後六時前なのに、秘書もほかのスタッフもすでに帰宅していて、控え室はまるで終業後の役所のようだった。

山極がテーブルの前に荒々しく腰をおろすと、丸山は肩を落として言った。

「申し訳ありません。せっかく山極先生にご指導いただいたのに――」

「君が謝ることじゃない。教授はいったい何を考えているんだ」

山極はテーブルを激しく叩いて続けた。

「現場が混乱するから論文は出せないだと。ふざけるな。部下がせっかく大きな発見をしたというのに、それを握りつぶして恥ずかしくないのか。研究者の風上にも置けん奴だ」

山極の怒りに、丸山はますます身を縮める。

「丸山君。がっかりするな。君の論文は何としてでも公表する。そうしなければ、俺の気が収まらん」

「でもあの調子じゃ、北里先生を説得するのはむずかしいんじゃないですか。今回の論文は、やはり生検とは別の方法で、がんの確定診断ができるようになってから、発表したほうがいいのではないでしょうか」

「バカ。そんな方法が簡単に見つかるわけないだろ。ボヤボヤしてる間に、ほかの研究者に先を越されてしまうぞ。そうなったら、君の努力は水の泡だ」

「でも、さすがに少しはほとぼりを冷ます必要があるでしょうね」

丸山は自分に言い聞かせるように言った。その弱気にあきれ、山極が露骨《ろこつ》な舌打ちをする。

「そんなのんきなことを言っているようじゃ、君も研究者としてはまだまだだな。さっきも言ったろう。研究の世界に銀メダルはないんだ。タッチの差でも敗者には変わりない。君は地方大学にいるからわからんだろうが、都市部の大学じゃ、優秀な研究者たちが世界と一分一秒を争っているんだぞ。君の研究にはそんな連中と勝負するだけの価値があるんだ。だから、俺はこんなに怒っているんじゃないか」

「そこまでおっしゃっていただけるなんて、身に余る光栄です。でも、僕はいったいどうすればいいんでしょうか」

「心配するな。俺に考えがある。教授がいくら反対しても、論文を出さざるを得ないようにしてやるさ」

6

翌朝、山極が訪ねたのは、西国大学の学長、森佑《もりたすく》の部屋だった。

森は西国大学医学部の出身で、元々は解剖学の教授だったが、医学部長、副学長を歴任したあと、現在、学長として異例の三期目を務める実力者である。愛校心が強く、政府が主導する地方再生の流れに乗って、西国大学を地方大学の雄に押し上げることを悲願にしている。名門と言われる大学から積極的に人材を受け入れているのもそのためで、山極が京洛大学から転任してきたときも、大いに歓迎された。

生命機能研究科は、基礎医学の中でも特に注目を集める分野で、「ネイチャー」に論文が掲載された実績のある山極に、森が大きな期待を寄せるのは当然だった。

一方、阪都大学から教授として赴任してきた北里は、森の期待にもかかわらず、すでに赴任後七年もたつのに、さしたる業績も挙げておらず、森の北里に対する評価の低下は、だれの目にも明らかだった。

「失礼します。生命機能研究科の山極でございます」

「おー、入れ、入れ」

秘書を通じて事前に訪問を知らせておいたから、森は山極を歓迎しながら応接用のソファを勧めてくれた。

山極は恐縮しつつも森の前に座り、「お忙しいでしょうから、単刀直入に申し上げます」と、持参した丸山の論文を差し出した。森はコピーを手早くめくり、終わりまで見たあと最初のページにもどって、ファーストオーサー（筆頭著者）を確認した。

「このシンイチ・マルヤマというのは、ウチの卒業生だったな」

「さすがは森学長。有望な人材の名前はご記憶なんですね」

山極は興奮を伝えるため、前のめりになって森に説明した。

「丸山君は、生命機能研究科の中でもピカ一に優秀な研究者です。その彼が二年余りをかけて、すばらしい実験を完遂《かんすい》したのです」

論文の画期的な側面は、解剖学者である森には必ずしも理解されないかもしれない。だが、それは問題ない。実績のある山極が舞い上がるほどの代物であることさえ伝われば、目的は達成される。

森が曖昧にうなずくのを見て、山極は決めゼリフのように厳かに告げた。

「この論文は、がんの診断界に大きなインパクトを与えるにちがいありません。私はアメリカの専門誌、『スコラー』に投稿したいと考えています」

「スコラー」の名前は、さすがに森も知っており、「それはすごい」と感心した。

「この論文が『スコラー』に掲載されれば、著者だけでなく、我が西国大学の名前も世界に知れ渡るわけだな。文科省もこの実績は無視できないだろう」

「もちろんです」

「そうなれば、ウチの大学への科研費も増額されるだろうし、国内的にも西国大学の知名度が上がる。またとない宣伝材料だ」

「おっしゃる通りでございます」

低頭してから、山極は苦渋の表情で声をしぼり出した。

「ところが、北里教授がこの論文をウチからは出せないとおっしゃっていまして」

「何？」

森の声が厳しくなる。

「理由は何だ」

「北里教授がおっしゃるには、現場が混乱すると」

「バカな。そんな理由でこの論文を公表しないというのか。一流専門誌への掲載がウチの大学にどれだけ寄与するか、北里君にはわからんのか。よし、私からすぐに裁可するように言っておく。まったく、何のためにあいつを本学に受け入れたと思っとるんだ」

「よろしくお願いいたします」

山極は深々と一礼して、学長室を辞した。

控え室にもどると、丸山が不安そうに待っていた。

「いかがでした」

山極は黙って親指を立てて見せる。

「でも、山極先生のお立場はよろしいのでしょうか」

「心配するな。俺は元々教授に従うつもりなんかなかったんだ。それが表沙汰になっただけだ」

その日の終業間際、教授の秘書が控え室に来て、困惑気味に山極と丸山に伝えた。

「北里教授からの伝言なのですが、昨日の丸山先生の論文を、『スコラー』に投稿する準備を進めるようにとのことです。なんだか、とってもご機嫌が悪いようでしたが」

それはそうだろう。山極が北里に逆らえないのと同様、北里もまた森には逆らえないのだ。地位の保全に汲々《きゅうきゅう》とする北里には、学長の森ににらまれることが最大の危険要因なのだから。

7

それから北里は露骨に不快そうな顔を向けるようになったが、山極はどこ吹く風で、丸山の論文の投稿作業に専念した。

「アクセプトされるとしたら、いつごろ返事が来るんでしょう」

丸山にとってははじめての海外専門誌への投稿で、採否の決まるタイミングが気になるのだろう。ていねいに説明してやる。

「通常はまず編集部から査読者に論文がまわされる。査読者は論文を読んでレビューを書く。編集部がそれを見て、掲載するかボツにするかを決めるんだ。掲載の条件として、手直しや追加のデータが求められることもある。最初の返事が来るまでには、一カ月ほどかかるのがふつうだ」

「一カ月ですか。長いですね」

「もっと早くに返事が来ることもあるぞ。編集部が見て、査読者にまわす必要もないと判断してボツにするケースだ。その場合は一週間ほどで返事が来る。素っ気ないメールでな」

「脅かさないでくださいよ」

半分本気で怯《おび》える丸山を、山極は笑いながら慰めた。

「大丈夫だ。今回の君の論文は一大センセーションを巻き起こす内容なんだから、編集部の段階でボツなんてことはあり得ない。大船に乗ったつもりで待ってればいいさ」

「ありがとうございます。ここまで来られたのも、すべて先生のおかげです」

畏《かしこ》まりながら去っていく丸山を見ながら、山極もまた大船に乗ったつもりでいた。

「スコラー」編集部からの返事は、投稿から二週間後、思いがけない早さで届いた。受け取った丸山は、青い顔で山極を呼んだ。

「どういうことなんでしょう。僕の論文が、不適切っていうのは——」

丸山から受け取ったメールには、ボツになったときの決まり文句が並べられていた。

8

『Dear Dr. Maruyama』ではじまる「スコラー」編集部からのメールは、投稿への謝辞のあと、次のように続いていた。

『Unfortunately we feel your manuscript would be inappropriate for Scholar.（残念ながら、あなたの原稿はスコラーには不適切のようです）』

以下には、四名の査読者からのレビューがいずれも即断に近い形で掲載はむずかしいと判断していたこと、あなたが取り組んでいる研究はたいへん重要なものだが、今後はもっと可能性のある研究テーマに精進されることを期待するというようなことが、ごく簡潔に記されていた。

山極は衝撃を受けたものの、このリジェクトのメールに、どこか不自然な印象があることに気づいた。同じ拒絶するにしても、文面があまりに素っ気なさすぎる。ふつうは最低限の敬意というか、気遣うような文言が盛り込まれるものだが、このメールにはそういうものがいっさいない。そればかりか、研究テーマの変更を勧めるような示唆さえある。丸山の研究は画期的なものなのに、こんなバカげた判断があるだろうか。

そう思ったとき、山極は恐ろしい疑念にとらわれた。論文の結果が明らかなまちがいである可能性だ。

もし、生検ががんの転移を引き起こす可能性などないと、すでに学会で明らかになっているのなら、丸山の論文は単なる誤り、不勉強の至りということになる。それなら素っ気なくあしらわれても仕方がない。しかし、待てよと山極は首をかしげる。丸山はマウスの実験で、しっかりと有意差を出していたのではなかったか。

その瞬間、背中にぞっと怖気《おぞけ》が立った。まさか、悪夢の再来。脳裏に浮かんだのは、京洛大在籍時と同じ、実験データのねつ造だ。

丸山に見せられたマウスの画像には、たしかに転移を示す輝点があった。だがパソコンの画像処理技術を使えば、そんな輝点を描き加えることなど、小学生でも簡単にできる。確認したのはその画像だけで、実際に生きたマウスを蛍光イメージャーでスキャンした生の画像は見ていない。もし、丸山が仮説を実証するために、画像のねつ造を思い立ったのなら、チャンスはいくらでもあったはずだ。

目の前で落胆している丸山を見て、山極は改まった声で訊ねた。

「このメールの素っ気なさには、編集部の意図が感じられなくもない。君に何か思い当たることはないか」

「思い当たること、ですか」

丸山は少し考えてから、口元を歪めた。

「僕が無名の研究者で、これまで投稿の実績がないからでしょうか」

「それはちがう。いやしくもアメリカの一流専門誌なのだから、無名とか有名にこだわることはあり得ない。純粋に論文の内容についてだと思うが」

「論文は山極先生が手を入れて完成させてくださったのですから、問題があるはずはないじゃありませんか」

ここが正念場だ。山極は相手の表情のわずかな変化も見逃すまいとして、声を低めた。

「実験データについてはどうだ」

「どういう意味です？　もちろん問題ありませんよ」

即答したあと、はっと気づいたように言った。

「もしかして、実験の結果に疑いがあるということですか。一回目は別として、その後三回続けて同じ結果を得ているんですよ。先生もご存じでしょう。結果にまちがいなどあるわけがないじゃないですか」

画像をねつ造しなかったか、とはとても聞けなかった。ひたむきに訴えてくる純粋な目、真摯な声。これでもし、彼が嘘をついているなら、立派な詐欺師《さぎし》になれる。

それでも山極は念のために質《ただ》した。

「専門雑誌の中には、画像の見栄えをよくしたり、手を加えたりするのを嫌うところも多い。そういう処理もしていないんだな」

「当然でしょう。そんなことをしてまで、実験が成功したように見せたいとは思いませんよ」

そこにあるのは、地方大学でまじめに実験に取り組む純朴な研究者の顔だった。

「いや、君を疑うようなことを聞いてすまなかった」

率直に詫びたが、丸山のほうは自分が疑われたことにさえ気づいていないようだった。

だとすると、この編集部からのレターの素っ気なさの理由とは何だ。

今一度、文面に目を通し、山極ははたと、研究の世界にヘドロのように淀む悪しき習いを思い出した。

ベテラン研究者によるアイデアの盗用、もしくは妨害である。

9

未発表の論文を読む査読者が、そこに書かれている魅力的な発見やアイデアについて、盗用の欲求に駆られるのは大いにあり得ることだ。また、自分が考えていた仮説を先取りされたり、完成しかけている研究の先を越されたりしたときは、その論文を妨害する誘惑にも駆られるだろう。だから、盗用や妨害が簡単にできないように、編集部は常に目を光らせている。それでも不正は起こるときには起こる。

特に今回の論文は、日本の地方大学の無名の研究者から出たものだ。影響力が弱いのをいいことに、査読者がアイデアを盗もうとしてもおかしくない。

その話をすると、丸山は素朴に反論した。

「でも、僕の論文は四人の査読者が読んでいるのでしょう。一人が盗用しようとしても、ほかの査読者が見破るんじゃないですか。編集部だって目を通しているでしょう」

「力のある査読者なら、ほかの査読者や編集部を抑え込むことも可能だ。名前の通った査読者が、別途、似たような論文を出したら、そちらに注目が集まって、いくら君が先に投稿したと主張しても無視されてしまう。過去にも似たような例はあるんだ。医学研究の世界は、熾烈《しれつ》な競争にさらされているからな」

信じられないという表情の丸山を尻目に、山極は「スコラー」の編集部に宛てて、査読者がだれか教えてほしい旨のメールを出した。査読者は公表される場合もあるが、問い合わせても非公開のこともある。その場合は海外の研究者に頼んで、内密に調べてもらわなければならない。

だれに頼もうかと考えていると、意外にあっさりと、「スコラー」編集部から査読者の名前が送られてきた。

その中に、アリゾナ大学の生命科学研究科の教授、レイモンド・チャンの名前を見つけたとき、山極は自分の疑念が的中したのではないかという思いに駆られた。過去に論文盗用の疑惑があり、出世の糸口をつかんだ論文も、ねつ造の可能性が高いと陰で噂されている人物だからだ。

現在、チャンはがんの免疫療法の大御所になっているが、もしかしたら生検による転移の危険性について、魅力のある研究テーマだと感じたのかもしれない。あるいは、自分の研究室の部下が、似たような研究を進めていて、同じ結果に到達しようとしていたのかもしれない。銀メダルのない研究の世界で、部下がゴール間近のときに、横からトンビが油揚をさらうような論文が出たら、批判的なレビューを書いて、雑誌への発表を妨害するということも起こり得るのではないか。

ほかの査読者に、UCLAの医学部遺伝生理学科の教授、リチャード・フロイドの名前があった。フロイドは山極と同じくがん遺伝子の専門家で、海外の学会で何度も顔を合わせている親しい間柄だ。年齢は向こうが十ほど上だが、互いにファーストネームで呼び合い、山極はフロイドを「リック」と愛称で呼んでいた。

カリフォルニアとの時差はマイナス十六時間。日本の午前九時は、向こうの前日の午後五時だ。山極は出勤してすぐにスカイプでフロイドに電話をかけた。通話がつながると、パソコンのモニターに見慣れたはげ頭に青い目の温厚な顔が現れた。

「ハロー、ユタカ。元気かい」

突然の電話ながら、フロイドは気さくに応じてくれた。軽い挨拶のあと、先日、査読にまわった論文が、山極のいる大学からのものだと知っていたかと聞くと、フロイドはちょっと驚いた素振りを見せ、「それは気がつかなかった」と首を振った。

「あの論文の査読者に、アリゾナ大学のレイモンド・チャン教授がいるのを知っていたかい」

顔を伏せてまた首を振る。

「編集部からのレターがあまりに素っ気なかったので、どういうわけか、あなたに聞こうと思ったんだ。おまけにレターには、研究の方向性を変えたほうがいいというようなことまで書いてあったから」

「編集部がどんなレターを出したのか、私は知らない」

妙に歯切れが悪い。山極は率直に訴えた。

「リック。あなたも知ってると思うが、チャン教授は有力者だし、いろいろよからぬ噂もある。だから、少々気になってね」

返答なし。こうなったらストレートに切り込むしかない。

「まさかとは思うが、チャン教授のところで、あの論文と似た研究が行われているということはないだろうか」

盗用、あるいは妨害とまで言わなくても、意図は十分に伝わるはずだ。案の定、フロイドは顔を上げ厳しい表情になった。事実を告白してくれるのかと思いきや、モニターからにらみつけるような目線が山極をとらえた。

「ユタカ。君はあの論文の盗用でも疑っているのか。それはあり得ない。チャン教授のところで似たような研究をしているようなことも、ぜったいにない」

「しかし、じゃあ、どうしてマルヤマの論文は拒絶されたんだ。僕は画期的な内容だと思っているんだが」

「たしかに画期的だ。だが、雑誌に受け入れられることはぜったいにない。『スコラー』だけでなく、どの雑誌に持って行っても同じだ」

「どうしてだ。理由を言ってくれ」

「理由はあるが、私の口からは言いたくない」

「なぜ」

「言いたくないものは言いたくない。日本にもがん治療の権威はいるだろう。そちらに聞いてみろ」

フロイドはそれ以上、語るつもりがないようだった。不愉快な思いが露骨に顔に表れている。

山極は「貴重な時間を無駄にしてすまない」と謝罪して、通話を終えた。

10

いったいどういうことか。

丸山の論文は、ねつ造でもなければ、査読者に盗用や妨害されたのでもない。中身は画期的なのに、どの専門雑誌にも採用されないと、フロイドほどの研究者が断言した根拠は何か。

フロイドは日本にもがん治療の権威はいるだろうと言った。研究者ではなく、治療の権威。つまりは臨床医に聞けという意味か。

がん治療の権威は何人かいるが、トップはやはり国立がん医療センターの緒方光安《おがたみつやす》院長だろう。緒方院長は東帝大《とうていだい》の元教授で、臨床だけでなく、新治療の開発など、研究面にも造詣の深い医師だ。面識はないが、事情を説明した手紙を添えておけば、丸山の論文を読んでくれるだろう。

そう考えて、山極はていねいな手紙を書き、論文とともに緒方宛に速達で送った。

時間はかかるだろうと予測していたが、思いのほか早く研究室に直接、電話がかかってきた。

「お手紙と論文、拝見しました。論文は実にユニークなものだと思います」

緒方の口調は穏やかで、権威にふさわしい重々しさが感じられた。

山極は受話器を握りしめて性急に言った。

「手紙にも書かせていただきましたが、あの論文が雑誌にアクセプトされない理由が、どうしても納得できなくて、先生にご教示いただければと思った次第です」

少しの沈黙のあと、緒方はこう答えた。

「少々重大なことに関わりますので、ご足労ですが、できれば直接お目にかかって、お話しさせていただけるとありがたいのですが」

山極はその場で相手の都合を聞き、いちばん早い日程で上京することにした。

翌週の月曜日、山極は午前中の飛行機で羽田に飛び、時間調整をして、港区の国立がん医療センターに向かった。日本のがん治療の最高峰は、ステンレスをふんだんに使った建物で、真夏の太陽の下で現代の聖堂《カテドラル》のように輝いている。

約束の午後二時ちょうどに受付で取り次いでもらうと、最上階の院長室に来るように言われた。

分厚い絨毯《じゅうたん》が敷かれたフロアの奥に、重厚な両開きの扉があり、ノックをすると、中から「どうぞ」とくぐもった声が聞こえた。扉を開けると、新聞やテレビで見覚えのあるふくよかな顔が、応接用のソファの前で迎えてくれた。

「わざわざお出でいただき恐縮です。どうぞおかけください」

緒方は半白髪《しらが》のオールバックで、半眼の目からはがん治療の権威らしい鋭さがうかがえる。アイロンの利いた白衣と、首にかけた聴診器は、現役で医療に携わっていることの証左だ。

「さっそくですが、この論文。実験の方法に不備はなく、考察から結果に至るまで、簡潔にまとめられていて、非の打ちどころのないものと思います」

緒方は張りのある声で言った。それではなぜと、山極は逸《はや》る気を抑えて次の言葉を待った。

「しかし、残念ながらテーマがよろしくない。研究者は自分の閃きに固執しがちですが、何を研究してもよいというわけではありません。医学の研究は、あくまで世の人々の役に立つものでなければならないのです」

「それなら、この丸山の研究は大いに役に立つのではないですか。がんの診断に関わる検査の危険性を明らかにしているのですから。それに――」

言い募ろうとすると、片手で制された。

「研究にはタブーがあるのです。たとえ完璧な実験データが出ても、その論文は闇に葬られる以外にありません」

「つまり、丸山の研究はタブーに該当《がいとう》すると？」

納得がいかず、ソファから身を乗り出して続けた。

「しかし、彼の発見は画期的なものではありませんか。生検に恐ろしい危険性が潜んでいることを明らかにしたのですから」

「山極先生は研究一筋のようだから、ご存じないのは無理もないかもしれない。ですが、生検ががんの転移を引き起こす可能性は、臨床医の間では、ずいぶん前から周知のことなのです。日本だけではありません。欧米をはじめ、各国のがん医療に携わる医師たちには、よく知られた事実です」

丸山が証明したのは周知の事実――、発見でも何でもないと言うのか。

山極は混乱しつつ、言葉を継いだ。

「しかし、それならなぜ、これまでだれも――」

緒方は口元にかすかな笑みを浮かべて答えた。

「生検による転移の論文は、実際、何本か提出されています。しかし、学界としては受け入れるわけにはいかない。いわゆる〝闇の論文〟にせざるを得ないのです。それは不都合な真実ですからね。もしも、生検が転移の危険性を高めるなどということが世間に知れたら、患者さんは不安に陥り、現場は大混乱に陥るでしょう」

緒方の言い分が、期せずして北里のそれと重なることに苛立った。がん治療の権威たる緒方までが、そんな些末なことにこだわるのか。

「いくら不都合でも、科学的に証明されたものであれば、公表すべきではないのですか。臭いものにはふたでは、いつまでたっても状況は改善されません」

「それなら聞きますが、あなた自身に、胃がんの疑いのある腫瘍が発見されたら、どうします。転移の危険があるとわかっていても、確定診断のために生検を受けますか」

迂闊《うかつ》にもそれは意識になかった。具体的な状況が目に浮かぶ。胃カメラのモニターに映し出された腫瘍、生検用の鉗子が近づき、組織をちぎり取ろうとする。出血、細胞の剥脱、流入、そして、全身への転移の危険性――。

即答できずにいる山極に、緒方がさらに言い募った。

「あなただけではなく、ご両親や近しい身内、結婚していらっしゃるなら奥さまに、がんの可能性が高い腫瘍が見つかったらどうです」

息も継げず動揺する。大切な身内が、生検で転移の危険にさらされる場面が思い浮かび、胸が詰まる。

「怖くありませんか。知らないほうがいいでしょう?」

緒方は菩薩《ぼさつ》のような慈愛の笑みを浮かべている。それでも山極は、医師としてのギリギリの矜持《きょうじ》と、丸山の努力への愛惜から、歯を食いしばって答えた。

「もし、それが真実なら、たとえ現場が混乱するとしても、立ち向かうべきです」

相手が最高の権威であることも忘れ、山極はありったけの思いを込めて続ける。

「そうすることによって、医学は不都合を乗り越え、進歩するのですから」

緒方は動じず、むしろ余裕さえ感じさせて首を振った。

「そうであればいいのですが、何しろ医療の世界には〝不都合な真実〟が少なからずありますからね。生検の危険性ばかりでなく、抗《こう》がん剤では基本的にがんは治らないとか、がんの早期発見には期待されているほどの意味がないとか、がん検診ではがんの死亡率は下がらないとかですね。あるいは、がんの診断は、病理医が細胞の〝顔〟を見て恣意的《しいてき》に決める人相判断だというのもあります。ほかにも、がんの中には治療しなくてもいいものもあるとか、逆に治療によって悪くなるものがあるとか、それを見分ける方法はないとか、抗がん剤で治療すると、ほかの臓器ががんになりやすいとか、がんの分子標的薬は増殖を抑えるだけで、すでにあるがんを攻撃するものではないとか、抗がん剤の新薬はたった二カ月ほどの延命効果にもかかわらず有効と判定されるものがあるとか。がんの診断に使われるCTスキャンの被曝量《ひばくりょう》は、胸部X線撮影の百倍から五百倍というのもそうです。それらの〝不都合な真実〟は、現場を混乱させるだけでなく、医療そのものへの信頼を損ないかねません。だから、無闇《むやみ》に公表するわけにはいかないのです」

奥歯を嚙みしめる山極に、緒方が諭すように言う。

「余計なことを暴いて、世間を不安に陥れるのは、研究者としてほめられたことではありません。大衆は予定調和を好むものですから」

「でも、それじゃ宗教と同じではないですか」
「その通り。過去に宗教が人々を救ったように、現代は医療が人々を救っているのです。その信頼を脅かすような研究者は、宗教になぞらえれば、無神論者も同然です。せっかく人々は医療のもたらす天国を信じているのに、その存在を否定しかねませんからね」

緒方はローマ教皇のように、にこやかに山極を見た。その瞬間、山極には緒方のパリッとした白衣が法衣のように見え、首にかけたピカピカの聴診器は、宝石をちりばめた十字架のように感じられた。
「直接お目にかかってと申し上げたのは、ぜひとも今のお話はご内密にとお願いしたかったからです」

緒方の顔に貼りついた笑みは、自らは神の存在を信じていないのに、信者に説教を施すかつての偽善者のそれと同じだった。

山極は悄然《しょうぜん》と肩を落として院長室をあとにした。

エレベーターでロビーに下りると、大勢の患者や家族が行き来し、あるいは待合室のベンチに座り、従順な面持ちで何かを待っていた。だれもが医療を信じている。治る患者も、治らない患者も、医療によって危険にさらされている患者さえも、みな医療という神にすがろうとしている。

山極は自分もまた、素朴な〝信者〟の一人であったことを、苦々しく再認識した。

玄関を一歩出ると、来たときの明るい太陽は姿を隠し、今にも降り出しそうな黒雲が垂れこめていた。

地下鉄の駅に向かいかけて、山極はふいに胸騒ぎを覚えて振り返った。

そこには輝きを失い、灰色にくすんだ廃墟のような建物がそびえているばかりだった。

悪いのはわたしか

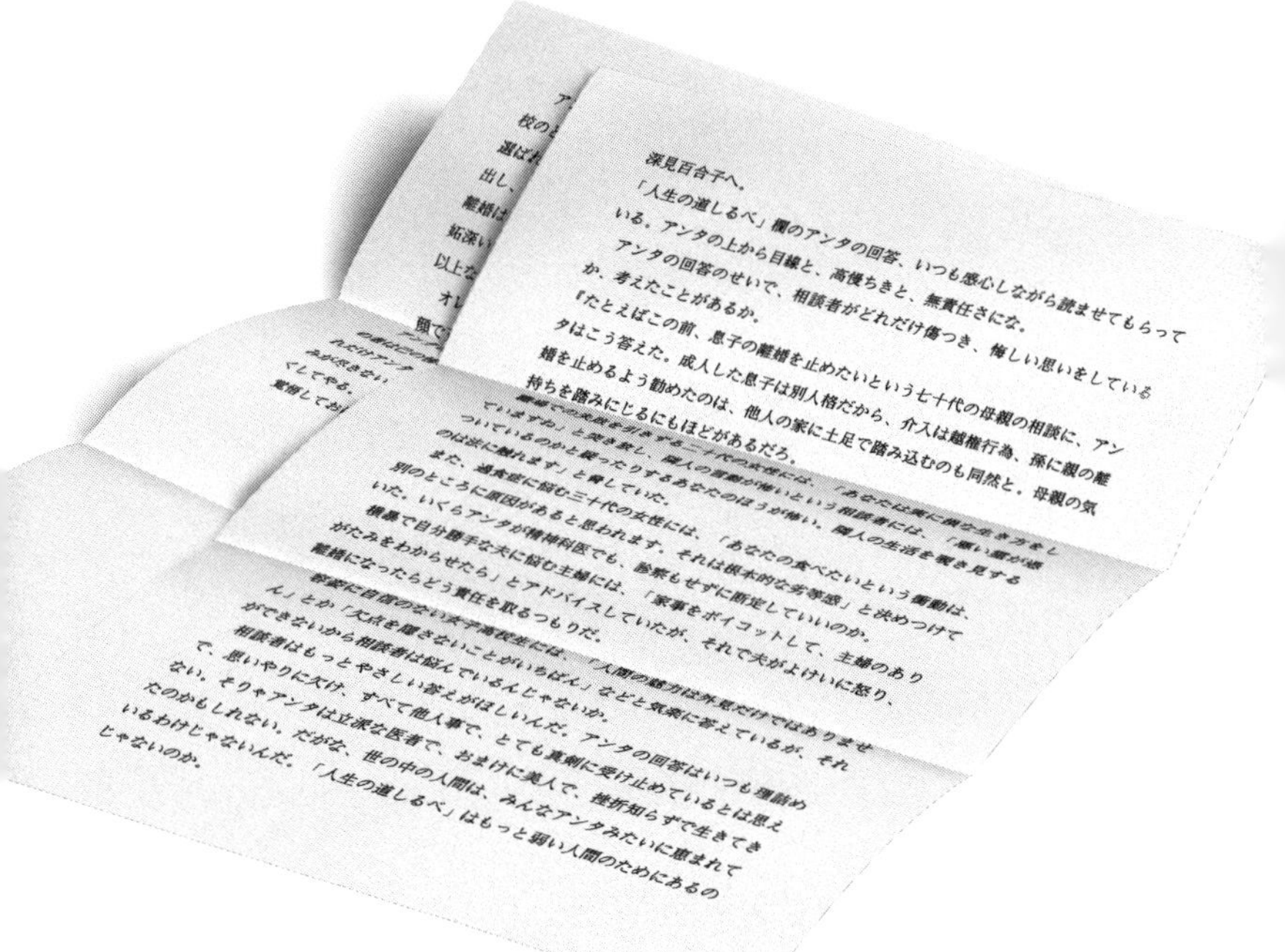

深見百合子へ。

「人生の道しるべ」欄のアンタの回答、いつも感心しながら読ませてもらっている。アンタの上から目線と、高慢ちきと、無責任さにな。

アンタの回答のせいで、相談者がどれだけ傷つき、悔しい思いをしているか、考えたことがあるか。

『たとえばこの前、息子の離婚を止めたいという七十代の母親の相談に、アンタはこう答えた。成人した息子は別人格だから、介入は越権行為、孫に親の離婚を止めるよう勧めたのは、他人の家に土足で踏み込むのも同然と。母親の気持ちを踏みにじるにもほどがあるだろう。

別のところに原因があると思われます。それは根本的な劣等感」と決めつけていた。いくらアンタが精神科医でも、診察もせずに断定していいのか。

横暴で自分勝手な夫に悩む主婦には、「家事をボイコットして、主婦のありがたみをわからせたら」とアドバイスしていたが、それで夫がよけいに怒り、離婚になったらどう責任を取るつもりだ。

容姿に自信のない女子高校生には、「人間の魅力は外見だけではありません」とか「欠点を隠さないことがいちばん」などと気楽に答えているが、それができないから相談者は悩んでいるんじゃないか。

相談者はもっとやさしい答えがほしいんだ。アンタの回答はいつも理詰めで、思いやりに欠け、すべて他人事で、とても真剣に受け止めているとは思えない。そりゃアンタは立派な医者で、おまけに美人で、挫折知らずで生きてきたのかもしれない。だがな、世の中の人間は、みんなアンタみたいに恵まれているわけじゃないんだ。「人生の道しるべ」はもっと弱い人間のためにあるのじゃないのか。

1

木曜日、午後二時。

新日《しんにち》新聞社の応接ブースで待っていると、担当の堀次郎《ほりじろう》さんがいつもとちがう強張った顔で入ってきた。

「今週は相談の手紙のほかに、こんなのが届いてるんです」

ファイルから折り畳んだA４の紙二枚を取り出す。広げてみるとワープロの文字でこう書かれていた。


『深見百合子《ふかみゆりこ》へ。

「人生の道しるべ」欄のアンタの回答、いつも感心しながら読ませてもらっている。アンタの上から目線と、高慢《こうまん》ちきと、無責任さにな。

アンタの回答のせいで、相談者がどれだけ傷つき、悔しい思いをしているか、考えたことがあるか』

何、これ、とわたしは上目遣いに堀さんを見た。

「先生にお見せしようか迷ったんですが、こちらで保管しておくのもどうかと思いまして」

取りあえず先を読む。

『たとえばこの前、息子の離婚を止めたいという七十代の母親の相談に、アンタはこう答えた。成人した息子は別人格だから、介入は越権行為、孫に親の離婚を止めるよう勧めたのは、他人の家に土足で踏み込むのも同然と。母親の気持ちを踏みにじるにもほどがあるだろ。

職場での失敗を引きずる二十代の女性には、「あなたは実に損な生き方をしていますね」と突き放し、隣人の言動が怖いという相談者には、「悪い霊が憑《つ》いているのかと疑ったりするあなたのほうが怖い。隣人の生活を覗き見するのは法に触れます」と脅していた。

また、過食症に悩む三十代の女性には、「あなたの食べたいという衝動は、別のところに原因があると思われます。それは根本的な劣等感」と決めつけていた。いくらアンタが精神科医でも、診察もせずに断定していいのか。

横暴で自分勝手な夫に悩む主婦には、「家事をボイコットして、主婦のありがたみをわからせたら」とアドバイスしていたが、それで夫がよけいに怒り、離婚になったらどう責任を取るつもりだ。

容姿に自信のない女子高校生には、「人間の魅力は外見だけではありません」とか「欠点を隠さないことがいちばん」などと気楽に答えているが、それができないから相談者は悩んでいるんじゃないか。

相談者はもっと優しい答えがほしいんだ。アンタの回答はいつも理詰めで、思いやりに欠け、すべて他人事で、とても真剣に受け止めているとは思えない。そりゃアンタは立派な医者で、おまけに美人で、挫折知らずで生きてきたのかもしれない。だがな、世の中の人間は、みんなアンタみたいに恵まれているわけじゃないんだ。「人生の道しるべ」はもっと弱い人間のためにあるのじゃないのか』

たしかに、「深見百合子の回答は辛口《からくち》」と言われることもあるようだ。しかし、それを今、わたしに言われても困る。ただのクレームかと読み飛ばしかけると、二枚目が恐ろしかった。

『アンタは子どものころから頭がいいとチヤホヤされ、運動神経も抜群で、高校のときには水泳でインターハイに出たり、大学祭ではキャンパスクィーンに選ばれたり、医者になってからも、ジャズピアニストとしてCDを出し、おまけに今度は片手間に書いた本がベストセラーだというじゃないか。離婚はしたそうだが、二人の子どもは立派に育って、離婚した夫はもともと嫉妬深いダメ医者らしいから、別れて正解というところだろう。順風《じゅんぷう》満帆《まんぱん》。これ以上ない完璧な人生を歩んでいる。

オレはアンタがメディアに出るたびに、ムカついているんだ。晴れやかな笑顔で正論を並べているのを見ると、はらわたが煮えくりかえる。

アンタのような思い上がった人間が、きれい事をまき散らすから、世の大半の者は己の惨めさ、つまらなさを再認識させられるんだ。この世に悩みが尽きないのは、アンタのような人間がいるからだ。二度と人前に出られなくしてやる。

覚悟しておけ。だれも恨《うら》むな。悪いのはおまえだ』

ショックだった。なぜこんな言われ方をしなければならないのか。真剣に考えた答えで、傷つく人もいるかもしれない。それは仕方がない。悪いのはわたしか？

読み終えてから、堀さんに聞いた。

「これ、いつ届いたの」

「昨日です。千代田区のポストに投函されたみたいです」

「参ったな。でも、少し反省しなきゃいけないのかも。わたしの回答って、そんなに他人事？」

「深見先生はほかの回答者よりずっと親身《しんみ》ですよ。だからこそ、厳しい言葉も出るんです」

「でも、傷ついた相談者もいるんでしょう」

「気にすることないですよ。この怪文書《かいぶんしょ》の書き手は、先生に嫉妬しているんです。先生が非の打ち所のない人生を歩んでいるから、それを羨《うらや》み、自分の不遇を他人のせいにしてるルサンチマン野郎ですよ」

堀さんはわたしの手前、かなり怒ってくれているようだった。四十歳をすぎてもまだ青年の雰囲気を残している彼は、少し短絡的なところはあるけれど正義感が強い。

その堀さんが改まったようすで言った。

「やっぱり警察に届けたほうがいいんじゃないですか。殺害予告とまでいかなくても、脅迫文なのは明らかですから」

「そこまでしなくていいわよ。ただのうさ晴らしかもしれないし。でも、だれがこんな手紙を寄越したのかしら」

「ちょっと失礼」

手紙を取りもどしてから、堀さんは文面を目で追った。

「いくつかヒントはあると思うんですよね。たとえば、僕は知りませんでしたが、先生は高校時代に水泳でインターハイに出たんですか」

「バタフライの選手だったの。百メートルで全国四位のタイムを出してたからね。でも、インターハイのことはこれまでほとんどしゃべっていない。ということは、書き手はわたしの高校時代を知っている人物ということ？」

「ほかにも離婚したことも公にしていないでしょう。それを知っていて、おまけに前のご主人がドクターであることもわかっているというのは、かなり身近な人間じゃないですか」

離婚したのは十年以上前だし、今、勤務している聖潤会杉並《せいじゅんかいすぎなみ》医療センターでも、前夫のことは話していないはずだ。しかし、ネットを使えば情報は手に入るのではないか。

堀さんもそれに気づいたようだ。

「もしかして、ネットに出てたりします？」

「知らない。でも、この犯人はかなり迂闊よ。『二人の子どもは』って書いてるけど、うちは三人だもの」

「メディペディアにも出てますよね。それも確認せずに書くような人物なら、やっぱり単純なやっかみ男でしょう」

オンライン百科事典の「メディペディア」のわたしの項には、離婚のことは出ていないが、『娘二人に息子が一人いる』とはっきり書いてある。

「逆に考えると、これもヒントになるかも。深見先生のお子さんが二人だと勘ちがいしそうな人物、思い浮かびませんか」

「子どもの話なんか、ほとんどしないから心当たりないわ」

そう答えて、「あ」と思い当たった。

「もしかして、犯人は少し前に『周囲から死神《しにがみ》と言われる』って相談を送ってきた人じゃないかしら。さっき、新聞社に入る手前で変な人がわたしを見ていたのよ」

「変な人?」

「マントみたいな黒いコートを着て、半白髪の長髪で、頬がこけて青白い顔をした人。落ちくぼんだ暗い目でこっちを見てたの。わたしが見返すと、さっと背を向けて消えたけど」

「ありましたね、そんな相談。その男性が相談を送ってきた人なんですか」

「わからない。でも、姿格好は相談の内容にピッタリだったから」

堀さんはタブレットを開いて、過去の記事を繰りはじめた。

「ありました。六十代、無職の男性。自分が好きでやっている黒ずくめの格好と、陰気な風貌《ふうぼう》のせいで、近所の人から『死神みたい』と陰口をきかれたり、小学生に『死神、死神』とからかわれたりして、悔しい思いをしているという相談」

「わたしは他人の目など気にせず、堂々と好きな格好をすればいい、それが個性だって回答したのよね」

「いい回答だと思ったんですが、悪く取ったんでしょうか」

「相談の手紙、ファイルしてあるでしょう」

相談はメールでも受け付けるが、その人はたしか手紙だった。手紙には住所、氏名、年齢などが書いてあるはずだ。

記事の掲載日を確認して、堀さんがファイルから手紙を取り出した。ワープロの文字は同じだが、ふつうの便箋《びんせん》で怪文書のそれとはちがう。

「柏村信司《かしむらしんじ》、六十二歳。無職、独身。怪しいですね。住所は大田《おおた》区蒲田《かまた》二丁目となってます。問い合わせてみますか」

「まだこの人が書いたと決まったわけじゃないし、さっきの黒ずくめが同一人物ともかぎらないから、ようすを見ていいんじゃない。一通だけで終われば、どうということもないんだし」

堀さんは納得したわけではないようだが、わたしの言い分を受け入れてくれた。

それから今週寄せられた相談の中から、わたしが答えられそうなものを三通ほど選んで鞄《かばん》に入れた。

「その怪文書も持って帰らせてくれる?」

「大丈夫ですか。気分、悪くなりません？」

うなずくと、彼は「念のため、コピーを取っときます」と、応接ブースを出て行った。

2

金曜日、午前九時。

新日新聞の朝刊二面に、ベストセラーになっているわたしの『心の悩みの出口』がふたたび全五段の広告で出た。出版社が力を入れてくれるのはありがたいが、今は喜ぶ気分になれない。帯にわたしの微笑《ほほえ》む写真が大きく出ているからだ。怪文書の書き手はこういうのにも腹が立つのだろう。

憂うつな気分で出勤する。聖潤会杉並医療センターまでは、車で約一時間。レクサスLS500hの軽いステアリングを握っても心は重い。こんな車に乗っていることも、怪文書の書き手の憎悪《ぞうお》を掻き立てるにちがいない。

車を病院の駐車場に入れて、管理棟に行くと、廊下で脇坂浩太郎《わきさかこうたろう》院長に出会った。ロマンスグレイで姿勢もいいが、相変わらずダンディと言われたくて仕方がないオーラが出まくっている。

挨拶だけして通り過ぎようとしたら、「深見先生が新聞に書いている『人生の道しるべ』、欠かさず拝読していますよ」と、にやけた声をかけてきた。

「いろんな相談事に、ふさわしい回答をするのは大変でしょう。さすがは有能な精神科医ですな。一度、ゆっくりお話を聞かせてもらいたいものです」

「はあ」

脇坂院長はフェミニストだが、女好きでもあるらしいから、警戒するに越したことはない。

立ち去りかけて、おや、というようにわたしの全身を見直した。

「先生、何か感じが変わりましたか」

院長とはふだん顔を合わせないので、変化に気づかれたのか。曖昧に笑ってごまかそうとしたが、「何かお悩みでも?」と聞いてきたので、「いえ、別に」ときっぱり答えた。

「そうでしょうな。新聞で人生相談を担当している先生に、悩み事を聞くなど野暮《やぼ》でした。しかし、案外、自分の悩みは自分では見えないものですよ」

含みのある言い方で、院長は去って行った。

精神科の医局に行くと、小松原治《こまつばらおさむ》部長が先に出勤していた。

「おはようございます」

「ああ」

部長は来年定年のロートルで、専門は統合失調症《とうごうしつちょうしょう》。自分の世界に閉じこもって、うるさいことは言わないのでやりやすい上司だ。彼が退職したあとは、医長のわたしが部長に昇格することになっている。四十八歳で部長内定は早いほうだろう。

わたしの専門は神経症全般で、適応障害や不安神経症などを診ることが多い。患者は増える一方で、おまけに怪文書まで送りつけられて、何かスカッとすることでもないとやってられない。

当院の精神科は三人体制で、もう一人のスタッフ、医員の片桐純平《かたぎりじゅんぺい》は三十二歳の独身で、優秀だけれど、オタクっぽいのが玉にキズだ。彼はまだ若いから、専門分野は持たずに精神疾患全般を担当している。

その片桐が出勤してくるなり、わたしに言った。

「今朝の新聞広告、見ましたよ。デカデカと出てましたね。これでまたAmazonの順位は一桁に行くんじゃないですか」

「どうかな」

「元気ないですね。何か気になることでも?」

片桐は粗雑な外見に似合わず勘がいい。

「深見先生みたいに、やることなすことうまくいけば、人生楽しいでしょうね。おまけにベストセラーまで出して、世間の羨望《せんぼう》の的じゃないですか」

人の気も知らないでと、わたしは鼻白《はなじろ》む。

「ところで、ライミちゃんとはうまくやってるの」

「もちろんですよ。今朝も頑張ってネと励まされましたから」

小太りの片桐は、先月からAIが指導するダイエットをはじめたらしく、頻繁にタブレットを開いている。食事の写真を撮るだけでカロリー計算をしてくれ、ライミという名前のヴァーチャル栄養士が、栄養バランスや食生活全般のアドバイスをしてくれるのだそうだ。

「AIってすごいですね。僕の好みを的確に理解して、理想的な栄養士さんをつけてくれるんですから」

一度、タブレットを見せてもらったが、ストレートの黒髪で少し垂れ目の美人が、白衣姿で微笑んでいた。カロリーオーバーだとライミが怒り、節制するとほめてくれるのだそうだ。

「誘惑に負けて夜食にラーメンなんか食べると、ライミちゃんは真剣に怒ってくれるんです。ダメな僕に涙ぐんでくれることもあるし、一週間の目標をクリアすると、いっしょになって喜んでくれます。だから、頑張ろうって思うんです」

「そんなことしてると、ますます彼女ができないわよ」

軽口のつもりだったが、彼は答えず、気まずい雰囲気になった。先週も同じことを言ったので、根に持っているのか。

片桐はふっくらした自分の腹部を見下ろして言った。

「そういえば、深見先生の前のご主人も太ってたらしいですね。自己管理できない男って、やっぱり魅力ないですか」

「え」

片桐の言葉に戸惑う。そんなことを話した覚えはない。

ふと怪文書の言葉が頭に浮かんだ。

――二度と人前に出られなくしてやる。覚悟しておけ。

犯人は何を企んでいるのか。

3

同日、午後二時。

午前中の一般外来が長引いて、昼食を摂《と》る間もなく午後の診察時間になった。金曜日の午後は、時間のかかる患者さんのために特別枠の外来になっている。この日は萩原良子《はぎわらよしこ》さんの予約が入っていた。たしか、話が長くてやっかいな人だ。

憂うつな気分で外来診察室に行くと、萩原さんはすでに診察室前のベンチに座り、うなだれていた。

「お待たせしました。どうぞ」

できるだけ明るく言って、診察室に招き入れる。

「今日はいかがですか」

「ふくらはぎの傷が、まだ痛くて」

萩原さんの訴えは、犬に嚙まれたふくらはぎの傷がずっと治らず、おかげで不眠症になり、うまく歩けなくなって、仕事もやめざるを得なくなったというものだ。散歩中の犬に嚙まれたのは四年前で、飼い主は謝罪し、すぐに病院に連れて行ってくれたが、傷が十分に治らないうちに知らん顔をするようになったという。

「やっぱり痼《しこ》りが原因な感じですか」

「たぶん」

控えめに答えるが、彼女の中では確信になっていて、否定するとムキになって強弁する。萩原さんによれば、犬の牙には毒があって、それが皮膚の下に入って痼りになったため、痛くて歩けず、眠れなくなり、仕事もやめるはめになった、それなのに犬の飼い主は何もしてくれない、苦情を言いに行くと警察を呼んで追い払おうとする、傷を治療した医者も飼い主の味方をして、こちらの言い分を聞いてくれない、じっとしていてもジンジン疼《うず》き、ちょっと早足で歩くと釘《くぎ》を刺されたように痛むのに、医者は傷はもう治っている、痼りは瘢痕《はんこん》だから痛むはずはないと言って、治療をしてくれない、もともと犬が好きだったのに、怪我《けが》のおかげで犬を見ただけで胸が苦しくなり、猫まで嫌いになった、わたしはお金がほしいんじゃない、このつらさをわかってほしいだけ、あの犬と犬の飼い主のせいで、わたしの人生は滅茶《めちゃ》苦茶《くちゃ》になった、何も悪いことをしていないのに、どうしてこんな目に遭《あ》わなければいけないのか、夜も眠れないし、食欲もないし、一日中、ずっと暗い気持ちで苦しんでいる、最近は身体を起こすのも億劫《おっくう》で、ふくらはぎの傷が熱を持っているので、このまま犬の毒が全身にまわって死ぬのじゃないかと心配、生きているのがつらい、しゃべるのさえ億劫で、何も言う気が起こらない。

そう言いながら、低い声でえんえんとつぶやき続ける。食欲がないと言うが、赤い頬は膨れ、身体も十分丸みを帯びている。夜も眠れているはずだが、熟睡《じゅくすい》できないのがつらいと言う。ふらつき、めまい、耳鳴りもあり、便もすっきり出ないと訴える。

「萩原さん。精神科医にできることはかぎられているんです。萩原さんの問題を直接解決することもできません。できるのはお話を聞くことと、少し気分を落ち着かせるお薬を出すことくらいです」

精神科医の対応なんて単純なものだ。これで引き下がってくれるかと思ったら、逆にすがりついてきた。

「先生に見捨てられたら、わたし行くところがないんです。お願いですから面倒を見てください」

「もちろん、見捨てたりしませんよ」

「ありがとうございます。やっぱり病気なんですね。よかった。病気なら治してもらえますもんね」

「萩原さんは、うつ病とか統合失調症などの精神疾患ではありませんよ」

「わたし、うつ病じゃないんですか」

もちろんちがう。うつ病の患者さんはこんなにしゃべらないし、他人を責めずに自分を責める。この人の場合は、ただの粘着気質《ねんちゃくきしつ》だろう。だから、薬で改善することはむずかしい。

ふと不安が頭をよぎる。こんなふうに考えるのが、理詰めで思いやりに欠けるということか。

一時間余り話を聞いてから、わたしは言った。

「では、いつものお薬を出しておきますから。今の苦しみはご自分で作り出している面もあるので、あまり考えないようにね」

赤黒くむくんだ顔の腫れぼったい目の奥に、一瞬、憎悪が閃くのを、わたしは見逃さなかった。

4

同日、午後三時すぎ。

萩原さんが帰ったあと、ぐったり疲れて診察室を出た。

ロビーにはまだ診察の終わらない人、会計を待つ人などが大勢いる。来院者の目があるところで、疲れた顔は見せられない。背筋《せすじ》を伸ばそうとしたとき、ふとだれかに見られている気がした。不自然でないように周囲をうかがう。わたしに視線を向けている人はいない。怪文書のせいで、神経過敏になっているのかも。

ほっとして歩き出したとき、玄関ホールで医師名を表示したパネルを見上げている人物が目に入った。黒いマントのようなコート、半白髪の長髪、青白くこけた頬。

あの男だ。

副腎《ふくじん》からアドレナリンが噴き出し、全身を駆け巡るのがわかった。踵《きびす》を返してエスカレーターを二段飛ばしで二階に上がった。医局にもどろうとしたが、息が上がり、その場にしゃがみ込んだ。男は何をしに来たのか。

呼吸を整えてから、今一度、吹き抜けの玄関ホールを見た。男はいない。手すりの前に身を乗り出して、下のロビーをのぞき込んだ。黒ずくめなら目立つはずだ。それらしき姿は見当たらない。見まちがいか。いや、そんなはずはない。ならもう帰ったのか。

舌打ちをして振り返ると、黒ずくめの死神男が三メートル後ろに立っていた。

っ！

声も出せず、脊髄《せきずい》反射で身体が動いた。男を突き飛ばすようにして脇をすり抜け、医局へ逃げ帰った。

「どうしたんです、そんなに慌てて」

後ろ手に扉を閉めると、片桐が驚いたようにわたしを見た。

「変な男につきまとわれているの」

「変な男？」

半白髪で黒ずくめで青白い頬の死神みたいな男と、わたしは混乱したまま答えた。

「ロビーの二階の踊り場にいる。すぐに見てきて」

片桐は小太りの身体を機敏に動かし、医局から出て行った。奥の席にいた小松原部長は、何も言わずにわたしを見ている。

自分の席で荒い息を繰り返していると、片桐がもどってきた。

「それらしい男はいませんでしたよ」

「しっかりさがしてくれたの」

「受付と警備員さんにも確認しましたけど、そんな黒ずくめの男は見なかったって。深見先生の思いちがいじゃないですか」

「そんなことない。昨日、新日新聞社の近くでもわたしを見てたの。『人生の道しるべ』に相談の手紙を送ってきた人らしいんだけど、わたしを非難する怪文書を送りつけてきて」

「怪文書？」

よけいなことを言ってしまった。まだあの男が書いたと決まったわけではないし、どこに犯人が潜んでいるかしれない。

迷っていると、片桐が眉をひそめながら言った。

「その怪文書には何が書いてあったんです」

「何でもないわよ。ただのいやがらせ」

「でも、先生、目が泳いでますよ」

「何でもないって言ってるでしょ。ちょっと疲れてるだけ」

ごまかして背を向けると、冷ややかな声が追ってきた。

「先生。このごろ少し変ですよ」

5

同日、午後七時半。

油断はできない。疲労と緊張のせいか、ときどき記憶が飛ぶ。迂闊なことは口にできない。

車をマンションの駐車場に入れ、エレベーターで三十六階の自宅に上がった。

「お帰り」

姉の敏恵《としえ》が出迎えてくれる。

独り暮らしで家事をする暇のないわたしのために、週に三日、月水金の午後にマンションに来て、掃除や部屋の片付けをしてくれる。税金対策にもなるので、わたしがわずかながら給料を払って家事を頼んでいるのだ。

敏恵は今も実家に住んでいる。男手ひとつでわたしたちを育ててくれた父が亡くなってからも、住み慣れた家がいいと転居するつもりはないようだ。

「晩ご飯、できてるわよ」

部屋着に着替えてダイニングに行くと、食卓でヘレンドの皿に盛られたロールキャベツが湯気を立てていた。付け合わせはほうれん草の白和《しらあ》えにトマトのサラダ、それに豆腐の味噌汁と、土鍋で炊いたご飯。片桐のヴァーチャル栄養士に見せたら、「完璧!」と判定してくれるにちがいない。

敏恵と向き合って、「いただきます」と手を合わせる。ロールキャベツをほぐすと、香辛料の香りが拡がった。しかし、食欲は湧かない。

箸《はし》を持ったまま動けずにいると、敏恵も箸を止めてわたしを見た。

「百合ちゃん、顔色悪いよ。病院で何かあった？」

「大丈夫。ちょっと疲れてるだけ」

片桐に言ったのと同じ言葉でごまかし、味噌汁の椀を手に取る。温かい液体がのどを通ると、少し気分がよくなった。

「ロールキャベツのお肉、すごくいい香り。香辛料は何？」

「クローブとナツメグ。クローブはホールだからいい香りでしょう」

「すごいね。わたしにはとても作れない。月水金はおいしい料理が待ってると思うと、帰ってくるのが楽しみよ」

「そう言ってくれると、作り甲斐があるわ。火木土も来ようか」

「いい。敏恵も忙しいでしょう。生け花の教室とか」

姉は二歳上だが、子どものころから親しみを込めて呼び捨てにしている。彼女は小原流の師範の資格を持っていて、近所の主婦や働く女性を集めて、夜に生け花教室を開いている。

「教室のほうは何とでもなるわ。あたしは百合ちゃんのお手伝いができるのなら、そっちのほうが嬉しいもの」

「そんなこと言っちゃダメ。敏恵は敏恵の人生を生きなきゃ」

敏恵が目線を下げたので、わたしはことさら明るく言った。

「ほうれん草の白和えもおいしい。料亭の味みたい。自分でこんな料理ができるなんてすごいね」

「白和えくらいで大袈裟《おおげさ》よ。あたしにできるのは料理と生け花くらい。それもあんまり活用できなかったけど」

彼女はずっと独身で、仕事も長続きしたものがなかった。

「あたしは百合ちゃんみたいに頭もよくないし、才能もないから、こうしてくすぶっているしかないのよね。歳ももう五十だし」

「悲観しないで。敏恵は五十でも若く見えるし、性格だって優しいんだから」

そう言ってから、ふたたび怪文書が思い浮かんだ。

――アンタの回答はいつも理詰めで、思いやりに欠け、すべて他人事で、とても真剣に受け止めているとは思えない。

やはりわたしは思いやりに欠けるのだろうか。優しくしなければと思うが、つい厳しい態度をとってしまう。それは自分が努力をし続けているからだ。だが、そのことが人を傷つけてしまうのなら、わたしは心の冷たい人間なのか。

「どうかした？」

敏恵に聞かれて、涙が込み上げた。バカバカしい。あんな怪文書で動揺するなんて。笑い飛ばそうとしたがダメだった。全身から力が抜け、食事を続けられなくなった。

「実はね、新聞社に変な手紙が届いたの」

姉になら話してもいい。

「ちょっと待ってて」

席を立ち、書斎にしている部屋から昨日の怪文書を持ってきた。

敏恵は黙って受け取り、文面に目を走らせた。荒っぽく一枚目をめくり、どんどん表情を険しくする。

「差出人はわかってるの?」

「わからない。新聞社の担当もいろいろ考えてくれてるけど」

黒ずくめの男のことを言うべきか。いや、神経質な敏恵には言わないほうがいい。

「ここに書いてあることは全部デタラメよ。百合ちゃんの回答はいつも相談してきた人に寄り添って、有益なアドバイスをしているわ。決して上から目線でも、無責任でもない。この手紙を書いたのは心のねじ曲がった拗《す》ね者よ」

声が怒りに震えている。ありがたい。やっぱり身内は心強い味方だ。

「百合ちゃんはあたしの自慢の妹なの。その百合ちゃんをこんなに貶《けな》すなんて許せない。あたしは百合ちゃんが活躍してくれるのが何より嬉しいし、あの深見百合子が自分の妹だと思うと、それだけで力が湧いてくるのよ」

「ありがとう。でも、なんだか申し訳ない気もしてるのよ。わたしばっかりが日の当たる場所にいて」

そんなことを思う必要はないと、否定してもらえるかと思ったが、敏恵は一瞬、暗い顔で黙り込んだ。そのあとで、腹いせのように声を強める。

「こんなつまらない手紙、気にすることないわよ」

言うが早いか、二枚の紙をビリビリと引き裂き、くずかごに捨ててしまった。あっと思ったが、敏恵は首を振り、「見ないほうがいい。忘れてしまいなさい」と、年長者の口調で言った。

「ロールキャベツ、もう食べないの」

「ごめん。明日のお昼ご飯にする」

敏恵は自分の食べかけは捨て、わたしの分をタッパーに移して冷蔵庫にしまった。

帰る準備をしながら、思い出したように言った。

「昨日、前田《まえだ》さんからメールが来たわよ」

前田直彦《なおひこ》。離婚した夫だ。

「どうして敏恵に」

「知らない。百合ちゃんに連絡すると拒絶されると思ったんじゃない。あなたに会いたいらしいわよ」

「わたしは会いたくないし、会う必要もない」

「百合ちゃんの本が売れたから、おめでとうを言いたいんだって。『人生の道しるべ』について も、忠告したいことがあると書いてあった」

よけいなお世話だ。それにしても、今ごろなぜわたしに会いたがるのか。

もしかして、怪文書は直彦が書いたのか。彼ならわたしのことをいろいろ知っていておかしくない。

「前田さんにはどう返信すればいい？　百合ちゃんに直接、連絡してもらうようにしようか」

「何も返信しなくていい。わたしの連絡先も教えないで。しつこくメールしてきたら、ブロックして」

苛立ちが胸にせり上がって、明日の昼もロールキャベツはのどを通りそうになかった。

6

日曜日、午後十時。

土曜日も日曜日も、マンションから一歩も出ずにすごした。ジャズのＣＤを聴き、ヘッドホンで電子ピアノを弾き、Netflixで古い映画を何本か観た。

怪文書は敏恵が破り捨てたので、読み返すこともなかった。ほかのゴミといっしょにクリーンルームに出したから、業者が回収してくれただろう。

この前、堀さんのところから持ち帰った「人生の道しるべ」宛の手紙は、生き甲斐を見つけられないという男子大学生、パワハラで仕事をやめたことを悔やむ三十代の女性、二十年前の夫の不倫を未だに許せないという七十代の主婦の三人からで、どれもうまく答えられそうになかった。別に毎週回答しなくてもいいのだから、今週は休ませてもらうことにする。

7

月曜日、午前九時。

表に出た。久々に気分は爽快《そうかい》だ。でも、慎重にしなければならない。

病院の駐車場に車を停め、職員用の通用口に向かう。

医局に行くと、小松原部長がすでに出勤していて、奥の席でパソコンに向き合っていた。

わたしが席に着くと、片桐が入ってきた。ベージュのスリムパンツに、オフホワイトのバルキーセーター、その上にネイビーのトレンチコートを羽織《はお》っている。

「どうです、この格好。似合ってるでしょ」

両手を広げて、軽くターンして見せる。妙な感じだ。どう対応すればいいのか。

「ライミちゃんにアドバイスしてもらったんです」

「ライミちゃんって?」

片桐が怪訝《けげん》な表情を浮かべる。

「AIダイエットのヴァーチャル栄養士ですよ」

「ああ、そうだったわね」

わたしは慌てて話を進める。

「AIがそんなことまでアドバイスしてくれるんだ。でも、どうして君に似合う服がわかるの」

「いろいろデータを入力してますからね。SNSの発信もすべて把握してくれてますし」

「AIが勝手に調べるの?」

「さあ。でも、けっこう深く付き合ってますから」

油断できない。片桐を無視してまくしたててやる。

「そういえば、今朝、変なことがあったわ。高速道路が渋滞して、横に並んだ赤い車がノロノロ運転をして、女のドライバーがわたしを見て何か言ってくるの。無視してたけど、指まで差して嗤うから、窓を開けて何ですかって聞いたら、素知らぬ顔でこちらを見ようともしないのよ。ほかの車もわたしの運転に不満があるらしく、渋滞はわたしのせいじゃないのに、クラクションを鳴らしたり、幅寄《はばよ》せしてきたりして、ほんと、不愉快だった」

妙な顔でわたしを見る。

「一般道に降りてからも、赤信号で止まったらクラクションを鳴らされるし、横に止まったタクシーの運転手が人をバカにしたような顔で口をパクパク開けてるの。窓を開けて何ですかって聞くと、表情を消して知らん顔をするの」

片桐は応えない。ちらと奥の小松原部長に目配《めくば》せをする。「わたしの言っていること、おかしい？」

「いいえ」

「小松原部長。わたし、変ですか」

部長は前のパソコンから向き直り、老眼鏡の奥で目を細めた。

「言っておきますけど、わたしは正常ですからね。変な診断をつけたりしないでくださいよ」

「何のことです」

片桐が含み笑いしながら言う。そのとき、わたしの頭に閃くものがあった。

「片桐君。まさか前田から君に何か言ってきたの」

「前田？　だれですか」

「とぼけないで。わたしの離婚した夫よ。彼から連絡があったんでしょう。あの人のやりそうなことだわ」

「知りませんよ。どうして先生の前の旦那さんが僕に連絡してくるんです」

片桐を無視して、小松原部長に訴えた。

「最近、ストレスが強くて、思い通りにならないこともあるし、診療も多忙で、病院外の仕事でもいろいろあって、気分転換できずにいるんです。みんながわたしの悪口を言っていて、陰であれこれ言われてるんじゃないかと思うと、悪いほうにばかり想像が働いて、いつも監視されているような気がするし、頭の中をのぞかれているようで、こうやって話していてもふいに考えを奪われて、何を考えていたかわからなくなるんです。わたしが何を思っているのか、部長には全部わかってるんでしょう。片桐君も知ってるんでしょう。言ってください。構いませんから。電波ですか。スプーンですか。変なささやきが聞こえると思ったら、二人で何か言ってるんでしょう」

切れ目を作らないようにしゃべる。片桐が部長にしきりに目で合図を送っている。部長はわたしの真意をうかがうように首を傾《かし》げている。

「深見先生。夜はよく眠れていますか」

片桐が低い声で訊ねた。

ヨルハ　ヨク　ネムレテ　イマスカ

ヨク　ネムレテ　ヨル　ハ　ヨク　……

口の中で繰り返す。二人が顔を見合わせる。それを確認して自分のパソコンに言った。

「わたしは監視されているんです。ずっと見張られている。わたしの考えは筒抜《つつぬ》けです。お願い、だれか、助けて……」

8

木曜日、午前九時。

月曜日のことはまったく記憶にない。

わたしは鎮静剤を打たれて、緊急入院になったとのことだ。

気がついたのは火曜日の朝。主治医になった片桐から報告を受けたのか、昼前に脇坂院長がようすを見に来た。

「深見先生。驚きましたよ。先生は病院の仕事以外にもお忙しいから、ストレスが重なったんじゃないですか。勤務のことでご相談がありましたら、いつでも私のところにいらしてください。できるかぎりのことはさせていただきますから」

ていねいな口調で言い、いやらしい笑みを残して去って行った。

敏恵にも片桐が連絡してくれて、火曜日の夕方、見舞いに来た。連絡するときはただの過労ということにしてちょうだいと頼んでおいたのに、敏恵はまるでわたしが死にかけたかのような狼狽ぶりだった。もう大丈夫と言ったが、片桐が念のためと言うので、もう一日入院して、昨日の朝、退院となった。

それにしても、わたしはどうなったのか。退院したあとは自宅にもどったが、午後、何をしたのか思い出せない。しかし、今朝起きたらいつものわたしにもどっていた。体調も悪くない。

今日はこれから外来診察を行う。午後からはいつも通り有給休暇を取って、新日新聞社に向かう予定だ。

9

同日、午後二時。

応接ブースで堀さんに会うなり、先週の金曜日に、黒ずくめの男が病院に来て、襲われそうになったことを話した。実際にはそこまでいかなかったが、気持ちの上では襲われかけたも同然だ。

「柏村が病院にまで行ったんですか。明らかにストーカーですよ。やっぱり怪文書の犯人は柏村です」

堀さんは断言したが、よく考えるとおかしな点もあった。

「でも、あの黒ずくめの男が怪文書の書き手だとして、どうしてわたしの高校時代のことや、離婚のことまで知っているの」

「ネットですよ。今はネットでわからないことはありませんからね。もしかしたら、ＡＩに調べさせたのかもしれません」

ＡＩにそこまでわかるのか。不審の表情を浮かべると、堀さんは「ちょっと見てみましょう」と、タブレットを操作した。

「生成ＡＩの『ネットＧＯＤ《ジーオーディー》』に聞いたら何でもわかりますからね。『深見百合子について教えて』と入力するでしょ。出ました。ほら、あれ？」

答えはすぐに出たようだが、堀さんは妙な顔をしてタブレットをこちらに向けた。「ネットＧＯＤ」の答えはこうだ。

『深見百合子（ふかみ・ゆりこ）は日本の明治時代に活躍した歌人であり、小説家でもあります。主に明治から大正期にかけて活動し、近代日本文学において重要な存在です。代表作には「から騒ぎ」「十三夜」などがあります』

「何、これ。全然ちがうじゃない」

「生成ＡＩもまだまだですね。だったらやっぱりネットですかね。ブログとかインタビューとか、５ちゃんねるとかに出てたりしませんか」

「さあ」

「だけど、やっぱり犯人は柏村にまちがいないですよ」

納得できなかったが、堀さんはそんなわたしを無視して、ファイルから新たな紙を取り出した。

「実は今朝、速達で二通目が届いたんです。きっと前と同じ犯人です」

前より恐怖は薄れていた。書き手の姿がうっすら浮かびはじめたからかもしれない。

今回はＡ４の紙一枚で、次のように書かれていた。


『深見百合子へ。

おまえはまだ自分の愚かさがわかっていないようだな。

イジメに遭っている者に対するおまえの回答がいかに薄っぺらいか教えてやろう。

「あなたは全然悪くない。ありのままでいい」「誠実に生きていれば、最後は勝つとわたしは信じています」「よこしまな人に負けてはいけません」「イジメを繰り返す人間に対抗する道はただ一つ、負けないという信念を持つことです」

これがおまえの回答だ。きれい事、他人事、おためごかしのオンパレードじゃないか。

こんな安易なアドバイスで、イジメが解決するわけがない。イジメの根はもっと深いんだ。

たとえば、A子が学校でいじめられているとしよう。いじめているのはB子だ。なぜいじめるのか。それはB子が家で兄のC男にいじめられているからだ。なぜC男はB子をいじめるのか。サッカークラブで先輩のD彦にいじめられているからだ。じゃあ、D彦はなぜC男をいじめるのか。それはD彦が通っている塾の講師のE介にいじめられているからだ。E介がD彦をいじめるのは、塾の経営者F郎にいじめられているからだ。F郎がE介をいじめるのは、家で妻のG江にいじめられているからだ。そしてそのG江がF郎をいじめる理由は何だと思う。医者で美人でジャズピアニストとしても活躍し、本を出せばベストセラーになるような恵まれすぎた女が、新聞の人生相談で臆面もなくきれい事の回答をしているのを見ると、どうしようもなくムカつくからだ。

だから、悪いのはおまえだ。世の中はおもしろくない人生を生きている人間が大半なんだ。おまえのような幸運に幸運を重ねたような人生を歩んでいる者は、もっと秘やかに生きるべきだ。他人を羨ましがらせて、それに気づかないような人間は、罰を受けて当然だ。

おまえに悪いことが起きれば、まわりの人間はみんな喜ぶ。

おまえが精神異常の一歩目を踏み出したのも、周囲の思いが通じたからだ。

おまえはこれからどんどん悪くなる。

ざまあ見ろだ』

「消印は」

「昨日です。投函も同じ千代田区で」

今回の手紙は速達というだけでなく、どこか急いで書いたような印象だった。

読み返してみて、はっと気づいた。

――おまえが精神異常の一歩目を踏み出したのも――

これはわたしの入院のことではないのか。なぜ知っているのか。

「堀さん。実はわたし、月曜日にちょっと調子が悪くなって、二日ほど入院したんです。身体の病気じゃなくて、精神的な問題で」

「入院？　そんなに悪かったんですか。やっぱり怪文書のせいですね。お気の毒に」

「回復したからいいんだけど、この手紙の『精神異常の一歩目』って、そのことを指すんじゃないかしら。どうして書き手はそれを知ってるの」

「また病院に行ったんですよ。それで先生のことを嗅《か》ぎまわったんです」

病院に来たからといって、わたしの入院は簡単にはわからないだろう。ましてや精神に変調を来《きた》したことは、患者情報として極秘《ごくひ》のはずだ。

「こうなったらすぐ警察に通報すべきです。先生にもしものことがあってからでは遅いんですから」

「その男が病院に来たという証拠はないし、黒ずくめで院内をうろついていたら目立つと思うの。今の段階では警察も動いてくれないと思う」

「そうでしょうか」

堀さんは今にも通報したいようすだったが、彼がせっつけばせっつくほど、わたしは気持ちにブレーキがかかった。

「それより今日は謝りに来たの。先週、持ち帰った相談には、どれもうまく答えられそうになくて。今みたいな状態で、他人の相談に答えるだけの余裕が持てるとは思えない。少し休ませてほしいんだけど」

「それはかまいませんが、大丈夫ですか。何なら社の上層部から警察に連絡してもらいますけど」

なおもしつこく言う堀さんに頭を下げ、わたしは応接ブースを出た。

正面玄関から裏手の駐車場に向かいかけたとき、壁際にまたあの黒ずくめの男が立っていた。わたしと目が合うと、男はさっと顔を伏せた。なんだか弱々しい感じだ。

わたしは思い切って男に近づき、語気を強めて言った。

「いい加減にしてください。これ以上つきまとうと、警察に通報しますよ」

男は顔を上げ、小刻みに首を振った。相手が逃げ腰なのを見て、わたしはさらに迫った。

「言いたいことがあるなら、はっきりおっしゃい」

「あの、お礼を、言いたくて」

「え」

　意外な答えに言葉を失った。

「私は『人生の道しるべ』に手紙を書いた柏村という者です。まわりから死神みたいと言われて悩んでいたのを、深見先生が回答で、他人の目など気にせず、堂々と好きな格好をすればいい、それが個性だって書いてくれたので、迷いが吹っ切れて、こうして自分好みの服を着られるようになったんです。だから、一言お礼を言おうと思って」

「そうなら、どうして早く言ってくれなかったんです」

「先生はお忙しそうで、声をかけづらかったんです。すみません」

　柏村は半白髪の長髪で頭を下げた。そのシャイな口振りからは、嘘をついているようには思えなかった。

　怪文書の書き手はこの男じゃない。堀さんに知らせようかと思ったが、また警察への通報云々《うんぬん》と言われそうだったので、そのまま帰ることにした。

10

同日、午後三時。

帰りの車の中で考えた。怪文書の犯人はだいたいわかった。

わたしが精神に異常を来しかけたことを書いて、追い詰めようとしたのかもしれないが、それが逆に手がかりになった。

バカなヤツだ。

それにしても、なぜあんないやがらせの手紙を書いたのか。わたしが「人生の道しるべ」の回答者であることがそんなに気に入らないのか。それとも嫉妬か。ＣＤを出したり、本がベストセラーになったりしたことに対して。

車をマンションの駐車場に入れて、エントランスの郵便受けを確認する。ダイレクトメールにまざってＡ４サイズのレターパックが入っていた。宛名と差出人に印刷のシールが貼ってある。宛名はわたしだが、差出人もわたしになっている。そそっかしい差出人が同じシールを貼ったのか。

そんなことはないだろう。もしかして、これも怪文書の犯人が送りつけたのか。

レターパックはごく軽いものだがわずかに膨らんでいる。振っても音はしない。取りあえずそのままエレベーターに乗る。

上昇する間、やはりおかしいと思った。犯人はなぜわたしの住所を知っているのか。年賀状は書いていないし、職場で住所を明かすこともしていない。事務部は把握しているだろうが、いくら職員でも本人の許可なく教えたりしないはずだ。

思う間に三十六階に着いて、わたしは自室の扉を開いた。異変はない。

手荷物をテーブルに置いて、レターパックをもう一度見た。「品名」に「ゴム製品」と書いてある。まさか避妊具でも大量に詰め込んであるとか？

バカバカしいと思いながら封を切った。

出てきたのは台所用のゴム手袋だった。しかも片方だけ。色はピンクで左手用だった。

何これ？

持ち上げた瞬間、手袋の中から写真が落ちた。蜂の写真。アシナガバチだ。そして写真に書き殴られた毒々しい文字。


『悪いのはおまえだ』


総毛立った。

忘れていた過去。何十年もむかしの思い出したくもない過去。犯人はそれを知っている。なぜ。どうやって。

心臓が内側から胸板《むないた》を打ち、肺が軽石のように固まった。息ができない。脳が茹《ゆ》でられたように熱い。

じっとしていられない。どういうことか説明させてやる。

わたしはゴム手袋と蜂の写真をレターパックにもどし、車のキーをつかむとふたたび駐車場に取って返した。

11

同日、午後四時。

車で病院に向かいながら、今一度、考えた。怪文書の犯人はわたしの過去を知っている。離婚、高校時代のインターハイ、さらには小学五年生だったときのあのことまで。すべてを知っているのは敏恵だけだ。しかし、彼女には月曜日の入院は過労と伝えてもらっているはずだ。なぜ怪文書で精神の異常をほのめかすことができたのか。

簡単だ。犯人が一人だと思うから答えが出ないのだ。二人だと思えば互いに知らない情報を共有できる。

車を駐車場に入れるのももどかしく、わたしは精神科の医局に駆け上がった。

荒っぽく扉を開けると、片桐と小松原部長が顔を強張らせてわたしを見た。

「これ、君が送ったの」

片桐の前に立ち、レターパックを突きつけた。

「何です」

「とぼけないで。姉から聞いたんでしょう。君が姉とグルになってるのはわかってるの。わたしを苦しめて何の得があるというの」

言ってから、自分の心に刃が向いた。子どものころから何でもできたわたしに対する姉の羨望。医者になり、ジャズピアノでもCDデビューし、書いた本はベストセラーになった。離婚はしたけど、優秀な子どもたちに恵まれ、経済的にも裕福な暮らしをしている。敏恵はそんなわたしから給料をもらって、まるで家政婦のようになっている。その屈辱が原因なのか。

片桐だって、医局では下っ端で、小太りの体形にコンプレックスを持ち、美人のわたしを羨み、彼女ができないことをわたしにからかわれたことを腹に据《す》えかねていたのかもしれない。だとしたら、二人の恨みを買ったのは、わたしの高慢、無神経。つまりは、悪いのはわたしか。

「深見先生。落ち着いてください。その郵便物は何なんです」

「まだ言うの。いい加減にして」

わたしは我慢できずにレターパックを片桐に投げつけた。それでも足りず、彼に突進して襟首《えりくび》をつかんだ。

「先生。やめて。く、苦しい」

喘《あえ》ぐ片桐を締め上げると、後ろに小松原部長の気配を感じた。振り返ろうとした瞬間、うなじに筋肉注射の重い痛みが走った。

「部長、何をするんです」

後ずさる小松原部長の顔が二重、三重に見え、さらに万華鏡《まんげきよう》のように回転した。わたしの手から逃れた片桐がしきりにむせている。

わたしは身体の芯が抜けたようになり、腰砕けになってその場にしゃがみ込んだ。

12

同日、午後六時。

表に出ざるを得ない。

気づくとわたしは車椅子に乗せられ、精神科の処置室にいた。左の手首に点滴のルートがつけられ、両腕、両足がフェルトつきの革ベルトで固定されている。腰も拘束帯《こうそくたい》で締め付けられ、身動きができない。

意識がもどったことに気づいたらしい片桐が声をかけてきた。

「念のため、拘束させてもらっています」

「冗談、は、やめて」

呂律《ろれつ》がまわらない。まだ薬が効いている。

「ホリゾン、でしょう。何ミリ、打ったの」

「二〇ミリグラムです。一〇じゃ足りないと思ったので」

「象でも、眠らせる、つもり？」

「大丈夫ですよ。呼吸抑制が出たら、すぐに挿管《そうかん》しますから」

人工呼吸の用意までしているらしい。ホリゾンには脱抑制《だつよくせい》（理性や感情に自制が利かなくなる）の副作用があるから、それでべらべらしゃべらせるつもりだろう。

「一応、お聞きしますが、今日の午前中の外来診察で、最後に来た患者さんの名前はわかりますか」

「……知らない」

「ということは、あなたは別人格のほうですね。名前は？」

「何のこと？」

「答えないんですね。では、仮にBさんとしましょう」

片桐が続ける。

「さっきのレターパックに入っていたゴム手袋と蜂の写真。あれについてはどうです」

それならわかる。わたしは朦朧《もうろう》としつつも、抑制が利かないままに答えた。

「子どものころ、母は姉ばかりを、かわいがった。勉強も、運動も、習い事も、わたしのほうができるのに、母はほめてくれず、できの悪い姉ばかりに、注意を向けた。わたしだって、母に認めてもらいたかったのに……。小学五年生の冬、庭で弱っているアシナガバチを見つけた。脚は動かしていたけれど、飛ぶ力は残っていない。わたしは救急箱にあったピンセットで蜂をつかみ、母が台所で使うゴム手袋の中に、入れた。ピンク色の、左利きの母が、先にはめる左のほうに……。夕食のあと、洗い物をしようとした母が、悲鳴をあげた。思った通り、蜂が、母の手を刺した。姉ばかりかわいがる罰よ、いい気味だ、と思った。母はその場に座り込み、胸を掻きむしった。何を大袈裟な。そう思ったけれど、駆けつけた父が抱き起こしたときには、母はすでに意識がなかった。父が救急車を呼び、病院へ連れていった……。夜中近くになって、父はひとりで帰ってきた。母は亡くなった。蜂毒《はちどく》によるアナフィラキシーショック。今ならわかる。でも、小学生だったわたしに、そんな危険があることなど、わかるはずもない。父は、母が台所の窓にゴム手袋を干していたから、蜂が入ったのだろうと言った。母が死んだのは、わたしのせいじゃない。ずっとそう思ってきた。でも、心の奥底では、悪いのはわたしだと感じていた」

「そのことを思い出したきっかけは？」

「三週間前、『人生の道しるべ』に、届いた相談。母親が事故死した少女が、自分のせいかと悩んでいた――」

「深見先生は、子どものころの自分を許せなかった。しかし、その葛藤《かっとう》は無意識の中に押し込められ、ふだん意識されることはなかった。ところが、母親が事故死した少女の相談で記憶がよみがえり、激しい葛藤が噴き出して、解離性同一性障害《かいりせいどういつせいしょうがい》、つまり多重人格を引き起こしたのですね。そのあとで現れたのがBさん、あなたです。あなたは医学知識や深見先生の幼少期の記憶、離婚したことなどは共有しているようですが、一部の記憶は抜けている。あなたが表に出ていないときの記憶も」

答えられない。

片桐が続ける。

「少し前から、深見先生のようすがおかしいことは、みんな気づいていたんです。解離性同一性障害を疑ったのは、僕のヴァーチャル栄養士の名前を先生が知らなかったからです。記憶力のいい先生が、ライミちゃんの名前を忘れるわけがない。それにあなたが統合失調症のふりをしたのも不自然だった」

「ふりなんか、していない。ほんとうに、おかしかったの」

「はじめは僕もそう思いました。でも、小松原部長があれは詐病《さびょう》だって。部長は専門家ですからね。ほんとうの統合失調症の患者さんは、あんなふうにそれらしい症状を並べたりはしないそうです」

小松原部長を見ると、老眼鏡の奥から憐れみの視線を向けていた。

「Bさん、あなたがそんなことをした理由も考えてみました。解離性同一性障害で現れる別人格は、もともと別人ですが、場合によっては同じ人物になりすまそうとする。特に深見先生のように、本来の人格の状況がきわめて好ましい場合は、あとから出てきた人格が先の人格を乗っ取ろうとする。そうすると本来の人格が邪魔になるので、心の闇に閉じ込めておくように仕向ける。精神的に不安定にして、表に出たがらないようにするんです。怪文書で動揺させたり、統合失調症だという診断をつけさせたり、過去のいちばんつらい記憶を思い起こさせたりしてね」

　反論できない。

「認めるんですね」

　否定しても通じないだろう。それでも抵抗を試みる。

「本来の人格って何よ。わたしはわたしよ。わたしが本来の人格よ」

「ちがう。あなたはあとから出てきた別人格だ」

「わたしをどうしようというの」

「解離性同一性障害の治療は、複数の人格を統合することが第一選択です。別人格には鎮静剤で消えてもらいます。催眠療法で心の中にいる主人格を呼び出して、専門家による心理療法を行います。深見先生のトラウマも今、明らかになりましたから、人格の統合はまず問題ないでしょう」

「だったら、わたしは」

「消えてもらうことになりますね」

「そんな。せっかくこの世に現れたのに。わたしにだって、生きる権利はあるはずよ」

片桐は無言のまま答えない。いつの間にか注射器のシリンジを点滴ルートの三方活栓《さんぽうかっせん》に差し込んでいる。

「やめて。消さないで。わたしも深見百合子のような幸福な人生を生きたい。わたしを心の闇に閉じ込めないで……」

片桐の右手が注射器のピストンを押す。薄黄色い薬液が点滴ルートからわたしの手首に近づく。

これが罰か。高スペックの深見百合子を乗っ取ろうとしたわたしの――。

13

同日、午後八時。

遠くで声が聞こえる。だれかがわたしを呼んでいる。

「ふかみ、せんせぇー……。目を、覚まして、ください」

怖い。あれからどうなったのか。

気づくとわたしは車椅子に座らされ、手足と腰に拘束帯をつけられていた。

「深見先生。さっき、僕につかみかかったことは覚えていますか」

そういえばうなじに痛みを感じて、意識が朦朧となったのだった。

片桐がわたしをじっと見る。

「あのあと、先生の別人格が出てきて、怪文書とレターパックを送りつけたことを認めましたよ。先生はご存じないでしょうが、統合失調症のふりをしたことも。名前を聞いたけれど答えないので、Bさんとしました。Bさんは先生を動揺させて表に出られなくして、身体を独占しようとしたんです」

「わたしに、別人格がいたの。つまり、解離性同一性障害ということ？」

「そうです」

片桐のようすがおかしい。何を企んでいるのか。油断できない。

「拘束帯をはずしてくれない」

「その前にお聞きしますが、先生のお子さんは何人でした」

「三人よ」

「性別は」

「娘が二人に息子が一人」

「そうですか。やっぱりあなたも別人格なんですね。名前は？」

「…………」

「答えないんですね。じゃあ、Bさんの前に出ていたのでAさんとします」

「何のこと？」

「ネットの情報はアテにはならないんです。残念ですが」

片桐が点滴ルートの三方活栓から薄黄色い薬液を注入する。

「やめて。わたしは消えたくない。わたしは悪くない……」

14

同日、午後十時。

遠くで声が聞こえる。だれかがわたしを呼んでいる。

「ふかみ、せんせぇー……。目を、覚まして、ください」

気づくとわたしは車椅子に座らされ、手足と腰を拘束されていた。

「片桐君。わたし、どうしてここにいるの」

「怪文書とレターパックのことは覚えていますか」

「何のこと？」

「今日は何日ですか」

「一月の……二十二日？」

「三週間前ですね。先生が担当している『人生の道しるべ』に、母親の事故死が自分のせいかもと悩む少女の相談があったことは、覚えていますか」

「覚えてる。つらかった。わたしにも、似たような記憶があったことを、思い出したから」

「かなり動揺した?」

「そうね。でもそのあと、どうなったのか、よく覚えていない」

片桐がうなずき、ひとつため息をもらした。

「先生は解離性同一性障害を発症したんです。そのときに現れたAという別人格に、心の闇に閉じ込められていたんです」

心の闇。そういえばわたしは真っ暗な中にいたような気がする。

片桐が続けて訊ねた。

「念のためにうかがいますが、お子さんは何人ですか」

「三人よ。息子が二人に娘が一人」

「ほんとうですか。メディペディアには、娘さんが二人、息子さんが一人と出ていますよ」

「あれはまちがっているのよ。前にスポーツ新聞の取材を受けたとき、記者が勘ちがいして書いたのを、そのままメディペディアが引用しているの」

「やっと僕たちが知っている深見先生が出てきたみたいですね」

「どういうこと?」

片桐はゆっくりと説明した。

「三週間前から先生になりすましていたAとは別に、Bという新たな人格が現れて、Aに怪文書を送ったり、過去の記憶を揺さぶるレターパックを送りつけたりして動揺させて、先生と同様、Aも心の闇に閉じ込めようとしていたんです」

「何のために」

「Aから先生の身体を奪い取るためです。でも、もう心配いりません。彼女たちは本来の人格に統合させますから」

どうやらわたしは解離性同一性障害になって、第二、第三の人格がわたしの身体を独占しようとしたらしい。

「でも、どうやって別人格を見分けたの」

「今もしたように、お子さんのことを聞いたんです。僕は前に先生から、メディペディアの情報がまちがっていることを聞いていましたからね。まちがった情報を仕入れて先生になりすました別人格は、そのことを知らない可能性がありましたから」

なるほど。メディペディアのまちがった情報を、訂正せずにおいたのがよかったわけだ。

「ありがとう。じゃあ、この拘束帯をはずしてくれる」

「その前に、もっと過去にも同じことがあったかもしれないのでうかがいます。僕たちの知っている深見先生、すなわちあなたが、もともとの主人格かどうかわかりませんからね。メディペディアでは神戸生まれとなっていますが、ほんとうはちがうんですよね。ご出身はどちらですか」

「え……」

絵馬

1

こう言っちゃ何だが、オレのように一流の国立大学の医学部を出ていると、医学のすばらしさが身に染みて、信心《しんじん》とか願掛《がんか》けとかがバカバカしく思えて仕方がない。

オレが勤務する光琳《こうりん》記念病院の近くにも、チンケな神社がひとつあるが、少なくない患者が病院を受診する行き帰りに、この神社に詣《もう》でているという。神社の御利益《ごりやく》が病気平癒《へいゆ》だからだ。

病院のすぐ近くに病気によく効く神社がある。まったくふざけた話だ。神社のほうが先にあったのだから、まさか参拝者に患者を当て込んで造られたのではないだろうし、病院も神頼みを期待してこの場所に建てられたわけでもないだろう。それでもなんとなくムカつく。

その神社は街中の北野町《きたのまち》にありながら、一応、鎮守《ちんじゅ》の森があって、清涼な空間を作っている。だからオレは昼休みに散歩をしたり、当直明けの気晴らしに訪れたりする。そして、毎度あきれる。

今日も帰りに寄ってみると、本殿の前で一心不乱に手を合わせている老婆がいた。細い肩をすぼめるようにして、頭《こうべ》を垂れ、両手をすり合わせている。前には賽銭箱《さいせんばこ》と、もっともらしい御簾《みす》だの太鼓だの榊《さかき》や紙垂《しで》を飾った木の台だのがあるばかりで、つまりは木材と金属に還元できる人工物が置かれているだけだ。神社で祈って病気が治るのなら、医者も病院もいらない。

横の社務所《しゃむしょ》は売店を兼ねていて、白衣に緋袴《ひばかま》をつけた巫女《みこ》姿の中年女が、退屈そうな顔で座っている。冷やかしにのぞいてみると、開運のお守りが千二百円と書いてある。袋入りは二千五百円だ。厚紙にそれらしい文字を書いて、朱印《しゅいん》を押しただけで、原価は百円もかかっていまい。明らかに客の足元を見た価格設定だ。この神社のシンボルらしい烏帽子《えぼし》をかぶった翁《おきな》の絵入りの疫病退散札《えきびょうたいさんふだ》は二千円だが、これもただの印刷物で、明らかに暴利を貪《むさぼ》っている。

宮司《ぐうじ》祈禱《きとう》などの値段表もあり、一般祈願は七千円、特別祈願は一万円、祈禱になると一般は三万円、特別は五万円で、『初穂料《はつほりょう》により、ご祈禱時間、祝詞《のりと》の内容、お下がり品が変わります』と注釈がある。地獄《じごく》の沙汰《さた》だけでなく、神社の祈りも金次第というわけか。

メインの御利益は病気平癒のはずなのに、ほかにも健康長寿、学業成就、就職《じょうじゅ》成就、合格祈願に良縁祈願、交通安全に家内安全、商売繁盛、開運厄《やく》除《よ》け、諸事円満、技芸上達、神恩《しんおん》感謝、心願成就、富貴《ふうき》繁栄、子宝・安産祈願から初宮詣《はつみやまい》り、七五三、年祝《としいわい》（還暦《かんれき》・古《こ》稀《き》等）まで、何でもござれのコンビニ状態になっている。それぞれに専用のお守りや御札があって、値段こそ破格ではないものの、ある種の霊感商法、公然の詐欺と言われても仕方あるまい。人の弱みにつけこんで、まったく効果のない紙キレや板キレを売りつけているのだから。

板キレといえば絵馬《えま》も売っていて、一枚千円（神社側の言い分では、売っているのではなく授けて初穂料を頂戴しているらしい）。

絵馬は願い事を書いて出口近くの奉納棚《ほうのうだな》に掛ける。退屈しのぎに読むと、思わず笑ってしまう。

『老眼を治して下さい。尿漏《にようも》れを止めて下さい。

足腰が弱っているのを治して下さい。何もかもよくして下さい。

氷川きよしのコンサートよろしくお願いします』

たった千円でどれだけ頼むつもりだ。

ほかにも、

『検査が全部正常でありますように。

家族全員が健康で長生きできますように。

寝たきりになりませんように。認知症になりませんように。

がん封じお願いします。百まで元気で家族仲よく幸せに長生きできますように』
『病気が治って、また元気に仕事ができますように。2人でいろいろ外国に旅行ができますように。お酒も飲めて、辛いものもいっぱい食べられますように』
欲深さが露骨に表れ、自分で恥ずかしくならないのか。明らかに首を傾げたくなる文言もある。
『87才の母のがんを助けて下さい。手術が成功しますように。転移が消えますように。
また元気に暮らせますようにお願い致します』
八十七歳。その年齢なら緩和ケアだけして、自然な経過に任せるのが本人にとっていちばん好ましいのは明らかだ。度を越した長生きがどれほどつらいか、この娘はまるでわかっていない。オレは今四十四歳だが、九十歳近くまで生きたいなどとは毛頭《もうとう》思わない。その年齢になればあちこち痛くて、力が入らず、呼吸も苦しく、ゼーゼー痰《たん》がからみ、食べたらむせ、尿は漏れ、味覚も視覚も聴覚も衰えて、不眠と便秘と耳鳴りと目やにと床ずれに苛《さいな》まれ、生きているだけで苦しいのが目に見えているからだ。もちろん、九十歳前後でも元気な年寄りはいるだろう。それは宝くじで五億円当たる者がいるのと同じで、ほとんどすべての人間は、宝くじを買えばはずれ、長生きをしすぎれば苦しむのが道理だ。

絵馬にはペットのことを願うものもある。読めば思わずツッコミを入れたくなる。

『ペロが元気になってほしいです。

膀胱結石《ぼうこうけっせき》が自然に消えますように』（消えるわけないだろ！）

『ミーちゃんのCT検査に異常がありませんように』（ペットにそんな検査をするな！）

『愛犬フックの手術が成功しますように。

愛猫グリーンの腎臓が治りますように。

愛犬タケと、愛猫パティと、愛猫サムは、現状維持で元気に』（ペット飼いすぎ！）

『チャコのほっぺの穴が

ふさがりますように』（神社に来るヒマがあるなら、動物病院に連れて行け！）

まったく、神社の神を何でもござれの魔法使いと勘ちがいしているのじゃないか。

しかし、中には悲愴な願いもある。

『わたしのすいぞうがんにきせきがおきて、なおりますように』

『胆道閉鎖症《たんどうへいさしょう》の

娘の肝臓移植が

無事、成功しますように』

『妻のステージ4の肺がんに
抗がん剤が効いて、元気な姿になって
回復してほしいです。元気にして下さい。
お願いします』
『息子（十六才）の統合失調症が
少しでもよくなり
もとの落ち着いた生活に
もどれますように』

これを書いた人たちは、どんな気持ちでこの絵馬を奉納したのだろう。大事な家族や自分が重い病気になって、医者からも明るい見通しを告げられず、深刻な現実に耐えきれなくてこの神社に来たのだろう。悲しみと不安、悲痛な思いが表れているようで、端なくも厳粛《げんしゅく》な気持ちにさせられる。

と、同時に腹が立つ。絵馬を奉納したら、この神社は何をしてくれるというのだ。病気に立ち向かうのは医者だろう。検査をし、診断をつけ、最良の治療を行うのは我々医者だ。それなのに、なぜこんな愚にもつかない神社に詣でるのか。日々、患者のために懸命に尽くすオレたちより、こんな板キレを信じるのか。失礼にもほどがある。

唾でも吐きかけてやろうかと思ったとき、オレは意外なものを見つけた。

2

その絵馬は奉納棚の端に、ほかの絵馬と変わらない状態で掛けられていた。

書かれた文字に明らかな特徴がある。見覚えのある斜め四十五度に傾いた尖った文字。

絵馬にはこう書かれていた。

『来週23日のK・Tさんの手術が

無事に終わりますように

よろしくお願い致します

H・H拝』

光琳記念病院の心臓外科副部長、長谷部《はせべ》秀雄《ひでお》の筆跡だ。

絵馬の日付は二日前の十月十六日の水曜日。来週の水曜日、二十三日には東七階病棟に入院している戸田《とだ》一茂《かずしげ》の手術が予定されている。日付もイニシャルもぴったりだ。

あの心臓外科の名医である長谷部が、手術の成功を祈ってお詣りに来たというのか。笑わせる。涼しい顔をして、ヤツも心の底では不安なのか。

患者の戸田は六十七歳。もともとは循環器内科の副部長であるオレに、開業医から送られてきた患者だ。診断は大動脈弁狭窄症《だいどうみゃくべんきょうさくしょう》。人工弁置換術の適応なので、心臓外科の長谷部にまわした。戸田は心筋梗塞の既往《きおう》があるので、簡単な手術ではないが、長谷部なら楽々とやってのけると思っていた。ところが、絵馬に願掛けをしていたとは。

長谷部はオレと同じ大学の二年先輩で、若手のころから手術のうまさは評判だった。代々医者の家系らしく、性格も温厚で気さく。端整な顔立ちで、学生時代は医学部のテニス部のキャプテンだった。滅多《めった》に人をほめない嫉妬深いオレでも、長谷部だけは評価せざるを得ない。それほど非の打ち所のない男なのだ。

だが、手術の前に絵馬を奉納していたとなれば話は別だ。思いがけない小心、まわりには隠し続けていた弱みを垣間見た思いだ。

オレと長谷部は、内科と外科のちがいはあっても、同じ心臓病を扱う者として、同志のような間柄だ。後輩のオレにも敬意を払ってくれるし、内科医の意見にもしっかり耳を傾けてくれる。思考は常に合理的かつ科学的だ。

その長谷部が手術前に絵馬を奉納している？　冗談だろ。

信じられない思いで重ねてある絵馬をめくってみた。長谷部の絵馬はほかにはない。来週の手術にだけ、何か不吉な予感でもあったのか。裏を返すと烏帽子をかぶった翁が描かれている。表にもどそうとしたとき、紐がはずれて絵馬が石畳に落ちてしまった。

カッツーン。

甲高《かんだか》い音がして、どう当たり所が悪かったのか、絵馬が上下に割れてしまった。あっと思ったが遅かった。割れた絵馬を合わせたが、もちろんくっつくはずもない。落ちたくらいで割れるなんて、板が安物すぎるのだ。

そう自分に言い訳したが、このまま上半分だけを掛けておくわけにもいかない。

どうしようかとあたりを見ると、少し離れたところに一斗缶《いっとかん》を流用したゴミ箱があった。捨ててしまおう。どうせただの板キレだ。

一斗缶に近づき、割れた絵馬を投げ入れた瞬間、指先に痺《しび》れのような衝撃が走った。

何だ、今のは。

絵馬は乾いた音を立てて一斗缶の底に沈んだ。

指先の痺れはたぶん気のせいだ。

それ以上考えないようにして、オレは神社をあとにした。

3

その夜、オレは息子の孝太郎《こうたろう》と二人で夕食を摂った。

孝太郎は現在、医学部の二年生。オレと同じ大学に通う自慢の息子だ。

孝太郎の母親、亜希子《あきこ》とは十年前に離婚した。亜希子は医者の妻というステータスだけを求めてオレと結婚したような浅はかな女だ。だから、結婚生活が長続きするはずもなかった。オレが重症の患者にかかりきりで病院に泊まり込むと、家族と患者のどっちが大事なのと文句を言い、休日に患者が急変して、映画やコンサートに行けなくなると、楽しみにしていたのにとふくれ面になった。オレは給与の低い大学病院と公立病院の勤務で、患者からの謝礼も受け取らない主義だから、年収が思ったより低かったのも不満だったようだ。オレは贅沢《ぜいたく》をしたいわけでもないし、医師として患者を救うことがすべてだと思っているから、そんな夫に不満なら出て行ってもらうしかない。孝太郎の親権はオレが取って、勉強もずっと見てやったから、期待通りの結果になった。それだけの話だ。

今晩の夕食は豚肉のモーロ風串焼きにした。朝、出勤前にぶつ切りの豚肉をオリーブオイルとスパイスに漬け込み、帰宅してから金串に刺してオーブンで焼いた。付け合わせはベイクドポテトと人参のグラッセ。孝太郎もオレもアルコールは嗜《たしな》まないから、飲み物はガス入りのミネラルウォーターだ。孝太郎はこのごろあまり元気がないが、不眠が続いていると言っていたから、きっとそのせいだろう。

フォークで豚肉を金串から抜きながら、オレは今日の出来事を孝太郎に語った。

「病院の帰りに近くの神社に寄ったら、面白いものを見つけてな。長谷部って、うちの心臓外科の副部長。ときどき話してるから知ってるだろ。あいつが絵馬を奉納してたんだ。何て書いてあったと思う？　来週の手術が無事に終わりますようにだってさ。オレはもう笑っちゃったよ」

言いながら、思い出して噴き出しそうになった。孝太郎はさしたる反応もなく、笑うようすもない。

「おかしいと思わないか。外科医が手術の成功を神仏《しんぶつ》に祈るようじゃ終わりだろ。患者が見たらどう思う？　この先生、手術は神頼みかよって不安になるだろ」

「長谷部先生の絵馬は、精神的なものじゃないの。人智《じんち》を超えたものについて、よろしくお願いしますというくらいの」

「おまえ、もしかして神仏を信じてるのか。新興宗教にハマるなんてのはやめてくれよ」

「神仏のことなんか考えたこともないけど、大学受験のときにはお守りを持っていったよ。ママが合格祈願してくれたヤツ」

亜希子が孝太郎に面会することは認めているが、何を話したかなど興味はない。しかし、お守りを渡していたとは、余計なことをする女だ。

「まさか大学に合格したのは、そのお守りのおかげだなんて思っていないだろうな。おまえは能力があって、努力をしたから合格したんだぞ」

「わかってるよ。だけど、どうしてそんなに神仏を毛嫌いするの」

「そんなものに頼りだしたら、患者の治療に責任を持てないだろ。オレが信じるのは医学だけだ」

「でも、縁起《えんぎ》を担ぐことくらいはあるでしょ」

「いや、ないね。オレは一浪した翌年の受験番号が526番だった。〞ゴー二浪〞だよ。それでも平気だった。最初に買った車のナンバーは5832だ。事故ですべてが〞ご破算《はさん》に〞なりそうな番号だ。家の固定電話だって1586、〞以後病《いごや》む〞だろ。だけどどれも変えたりはしなかった」

孝太郎が反応しないので、オレはさらに言った。

「おまえ、宮本武蔵《みやもとむさし》の有名な話を知らないか。京都の一乗寺下り松《いちじょうじさがりまつ》で、吉岡《よしおか》一門の数十人と決闘をするとき、通りかかった神社で必勝祈願をしようとしたが、祈らずに神社をあとにした。祈ろうとしたのは、自分の心の弱さだと気づいたからだ。後に武蔵は、『我れ神仏を尊んで神仏を恃《たの》まず』と書き残してる。長谷部が神社に絵馬を奉納したのは、心が弱いからだ」

「たしかにね。だけど、重い病気の人が治ることを願って、絵馬を奉納する気持ちはわかるな」

ふと亜希子の言葉が思い出される。

――あなたは人の気持ちがわからない人よ。

老化で回復の見込みがない心不全の患者に、事実を告げたときのことだ。無理な治療を求めてくるので、それは意味がないし、効く可能性もないと告げたのだ。亜希子はオレの言い方が冷たいと非難した。

——じゃあ、効く可能性があると、嘘の説明をしろと言うのか。

——そうは言わないけれど、もう少し気持ちをわかってあげるべきよ。

人の気持ちがわかるとは、どういうことか。別人なのにほんとうの気持ちがわかるのか。オレは他人に自分の気持ちをわかってもらおうとは思わないし、もしオレの気持ちがわかるなどというヤツがいたら、いい加減なことを言うなと怒鳴りつけてやる。

——気持ちをわかってもらいたいなどと言うのは、心の弱い人間だ。

——みんなあなたのように強い人ばかりじゃないわ。

亜希子は目に涙を浮かべてそう言った。オレが悪かったのか？

食事が終わると、孝太郎が皿をキッチンに下げた。

「孝太郎。また〝山《やま》コーヒー〟を淹《い》れてくれよ」

「わかった」

自室から山行き用のケトルとミル、ネルドリッパーを持ってくる。孝太郎の趣味は山登りで、挽《ひ》きたての豆とネルドリップで淹れる山でのコーヒーがおいしいという。

「また山に行く予定はあるのか」

「考え中」

孝太郎の挽く手回しのミルからかぐわしい香りが漂ってきた。

4

週明けの月曜日。午後二時前に地下の職員用食堂に行くと、長谷部が奥のテーブルで弁当を食べていた。オレは海鮮サラダのボウルをトレイに載せて、長谷部の前に座った。

「長谷部先生。今ごろお昼ですか。お互い多忙で困りますね」

「小栗《おぐり》先生も忙しいのでしょう。医者はヒマなくらいがちょうどいいんですが」

礼儀正しい長谷部は、後輩のオレにも丁寧語を使う。

「それ、愛妻弁当ですか」

「息子たちの弁当の残りですよ。医局だとお茶がないのでね」

長谷部は息子が二人いて、どちらも医学部には行っていない。そのことにオレは優越感を覚えるが、長谷部は頓着《とんちゃく》しないようすだ。その屈託のない顔を見ていると、つい悪意が首をもたげる。

「明後日、戸田一茂さんの手術ですね。よろしくお願いします」

「小栗先生からの紹介でしたね。大丈夫。ご心配なく」

いやに自信ありげだ。小心者のくせに。オレは素知らぬ顔で言った。

「実は先週の金曜日、病院の帰りに北野町の神社に寄ったら、面白いものを見つけましてね。絵馬ですよ、長谷部先生の」

「見られてしまいましたか。いや、お恥ずかしい」

隠しても無駄だと思っているのか、ごまかすそぶりはない。

「先生は手術の度に絵馬を奉納するんですか」

「難易度の高いときだけです。戸田さんは心筋梗塞の既往があるでしょう。だから、手術中に万一のことがあるといけないのでね」

「それって何か効果があるんですか」

「信じる者は救われるですよ」

そんな一言でお茶を濁させるわけにはいかない。オレは意地悪く追及した。

「ひょっとして、長谷部先生は神仏の力を信じてます？」

「どうでしょう。でも気分は落ち着きますよ」

「絵馬で？　それはまた非科学的な」

「たしかに。だけど、すべてが科学で説明できるわけでもないでしょう」

「だからと言って、神仏の力というのは、飛躍しすぎじゃないですか」

温厚な長谷部は滅多なことでは怒らない。だから、オレはさらに一歩踏み込んだ。

「だいたい絵馬に頼るなんて、長谷部先生らしくないですよ。先生ほどの腕があれば、神仏なんかお呼びじゃないでしょう」

長谷部は箸を置いて、改まったようすで応えた。

「実は小栗先生がこの病院に着任する前、ファロー四徴症《しちょうしょう》の術後に僧帽弁狭窄《そうぼうべんきょうさく》を来した患者さんの手術をすることになりましてね。どうしてもうまくいくイメージが湧かなくて、困っていたときに、ふと北野町の神社を思い出したんです、まるで天啓のように。それで絵馬を奉納したら、すっと気分がよくなりましてね」

「それは自己暗示でしょう。自律神経が安定しただけじゃないですか」

「そうかもしれない。だけど、だれが自律神経を安定させてくれたのか」

「自律だから自分ですよ」

「自律神経は自分では思い通りにならないでしょう。僕は自分の中にいる何かが僕を落ち着かせてくれたんだと思う」

「自分の中にいる何か？　何ですか、それ」

オレが海鮮サラダのタコを口に運びながら聞くと、長谷部は穏やかに答えた。

「小栗先生は博識だからご存じかもしれないけれど、イスラム教では神は頸動脈《けいどうみゃく》より近くにいるとされているんです。だから、まじめなムスリムはだれも見ていなくても戒律《かいりつ》を守るのだそうです。つまり、神仏は自分の中にいるということです。そして、一種の代理行為として絵馬を奉納する。直接、願いを届けることができないから、神社という依《よ》り代《しろ》を借りて、お願いするわけですよ」

「なるほど」

思わずニヤニヤ笑いが浮かぶ。コイツ、マジで信じていやがる。オレの中には神仏なんて金輪際《こんりんざい》いたことなどないぞと、鼻で嗤いたくなる。

「戸田さんの手術も、絵馬でお願いしているから心配ないというわけですか」

「まあね」

まったくいい気なもんだ。絵馬は上下半分に割れて、ゴミ箱に捨てられたというのに、それも知らずに安心している。やっぱり絵馬なんて単なる心の支えだ。

ふと、長谷部を不安定にさせてやりたくなった。

「もしも絵馬に何かがあったら、どうなるんです」

「何かって」

「風で飛ぶとか、だれかが悪戯をするとか」

「やめてくださいよ。縁起でもない」

本気で不安がったので、「例えばの話ですよ。宮司さんもいるでしょうから、滅多なことは起こりませんよ」と取りなした。あまり不安にさせて、絵馬を確かめに行かれても困る。

「絵馬を粗末《そまつ》にするような人はいないでしょうから、僕も大丈夫だと思いますがね」

弁当を食べ終えると、長谷部は「じゃあ、お先に」と席を立った。

それにしても、長谷部のうろたえぶりは見物《みもの》だった。ヤツは本気で絵馬に頼っている。哀れな長谷部。

薄笑いしかけて、ふいに頬が強張った。

もしかして、戸田一茂の手術中に突発事が起きて、手術が失敗するとか、万一、戸田が手術中に死亡などしたら、それはオレのせいか。オレが長谷部の絵馬を冒瀆《ぼうとく》したから、神仏が怒って戸田の手術を失敗に終わらせたことになるのか。

バカな。長谷部にかぎって手術の失敗などあり得ない。

箸でボウルの底を探ると、いつの間にかサラダは空になっていた。

5

オレは不安になって、すぐさま東七階病棟の戸田一茂の病室に行った。

「戸田さん。体調はいかがですか」

いきなり訊ねられた戸田は、驚いたようすで何事かという顔をした。

「特に変わったことはないですが、何か」

「お変わりなければいいんです。明後日、手術ですから、発熱などないかと思いまして」

適当にごまかしてから、胸痛《きょうつう》や圧迫感など心筋梗塞の前兆がないことを確かめた。体調は良好で、術前の状態としてはまったく問題はない。だが、それがよけいに不安を煽《あお》った。そんな申し分ない状況で、手術中に何かが起きれば、それこそ何か不思議な力が働いたとしか思えないではないか、オレが絵馬を捨てたせいで——。

手術の当日、朝から気が気ではなかった。出勤してすぐに戸田の病室を訪ね、状況に変化がないかどうか確かめた。問題なし。それがまた不安を募らせる。

戸田の手術は午前中で、九時に手術室に入り、手術時間は三時間の予定だった。内科医のオレが手術部に出入りするのは不自然だが、じっとしておれず、十時半すぎに手術室用のスクラブに着替えて、戸田の手術を見にいった。

麻酔科医に経過を訊ねると、特に問題はないとのことだった。心筋梗塞の予兆もなし。血圧も安定して、手術の進み具合も順調だという。だからといって安心はできない。心筋梗塞だけでなく、心室頻拍《しんしつひんぱく》や心室細動《さいどう》によるショック、致死的な不整脈、突発的な心停止、麻酔による悪性過高熱《かこうねつ》、低酸素血症《けつしょう》、血栓《けっせん》による脳梗塞や肺塞栓《はいそくせん》、急性腎不全や肝機能障害、感染症、多臓器不全など、命に関わる危険はいくらでもある。

不穏な思いで術野をのぞき込んでいると、一瞬、執刀中の長谷部と目が合った。が、表情を変えることなく、無言で手術を続ける。さすがは一流の外科医だ。

あまり長居もできず、オレは後ろ髪を引かれる思いで手術部をあとにしたが、医局にもどっても仕事が手につかなかった。

十二時をすぎると、居ても立ってもいられず、五分ごとに壁の時計を見上げた。

午後零時三十分。戸田が無事にもどったという報告が病棟から届いた。三十分遅れたのは、麻酔の覚醒に時間がかかったからとのことだ。

オレはほっとして、肩の力を抜いた。思った以上に緊張していたようだ。しかし、よく考えれば、絵馬を捨てたからといって、それで患者が危険にさらされることなどあるはずないではないか。いったいオレは何を不安がっていたのだと、自分にあきれ、苦笑した。

午後、長谷部が医局にもどってきたので、何気ないそぶりで言った。

「午前中、時間が空いたので、オペ場にようすを見にいかせてもらいましたけど、順調だったようですね」

「おかげさまでスムーズな手術ができました。やっぱり絵馬のおかげですよ」

さわやかな笑顔で応える。絵馬はオレがゴミ箱に捨てたのに、それでも御利益があると言うのか。気楽なものだ。

「お礼詣りとかに行くんですか」

「行きますよ、今日の帰りにでも」

「どんなことをするんです」

「玉串料《たまぐしりょう》を納めるのですよ。絵馬の料金と同じ千円」

「たったそれだけ？　手術を安全に行わせてもらったのに」

「金額じゃないんです。気持ちですよ」

おめでたいヤツだ。合計二千円で気持ちが落ち着くなんて、まったく安上がりじゃないか。


翌朝、医局で顔を合わすと、長谷部が不安そうな顔でオレに言った。

「昨日、お礼詣りに行ったら、僕が奉納した絵馬が見当たらないんです」

「社務所に聞いてみたんですか」

「いや、そこまでは」

防犯カメラとかはなかったから、オレが犯人だとはわかるまい。ふと悪戯心が湧いて、何食わぬ顔で言った。

「だれかが捨てたんじゃないですか」

「そんな恐ろしいこと」

「でも、見当たらなかったんでしょう。社務所が処分するはずはないでしょうし」

長谷部は急に血圧でも下がったような蒼《あお》い顔になって言った。

「もし絵馬を蔑《ないがし》ろにしたら、神様が怒りますよ。きっと不吉なことが起こります」

6

小谷登美子《こたにとみこ》、七十一歳。冠動脈狭窄症《かんどうみやくきようさくしよう》。左前下行枝《ひだりぜんかこうし》に九〇パーセントの狭窄があり、何度か狭心症《きようしんしよう》の発作を起こしている。それでステント留置術《りゆうちじゆつ》の適応となった。

「小谷さんは心臓に酸素を送る冠動脈という血管が狭くなっているので、そこを広げる治療が必要なんです」

処置の前日、面談室のモニターに小谷の血管造影《ぞうえい》の画像を出して説明する。聞いているのは小谷と夫の二人だ。

「以前はこの狭い部分にバイパスを作る手術をしていました。冠動脈バイパス術、英語の頭文字を取ってCABGといいますが、これは胸を開いて、冠動脈の狭くなった部分の先に、太腿《ふともも》から取った静脈をつないでバイパスを作るもので、かなり大がかりな手術でした。今は手首の動脈から、カテーテルという細い管を通して、バルーンと呼ばれる細長い風船を膨らませ、冠動脈の狭くなった部分を拡げる治療を行います。経皮的冠動脈形成術《けいひてきかんどうみやくけいせいじゆつ》、PTCAといいます」

小谷夫妻は聞き慣れない専門用語に戸惑いながら、懸命に耳を傾ける。

「バルーンで拡げただけでは、すぐにまた狭くなってしまうので、ステントという網目状《あみめじよう》の金属の筒をそこに通します。ステントは挿入時には細くて、バルーンを膨らませると拡がる仕組みになっています。ステントを拡げたあと、ふたたびバルーンを縮めて抜くと、ステントがそこに残るというわけです。こうすると血管の壁が支えられて縮まらないのですが、ステントの刺激で血管の細胞が増殖して、三カ月から半年後に再狭窄を起こすことが問題でした。そこで新しく開発されたのが、細胞の増殖を抑える薬剤溶出性《ようしゅつせい》ステント、頭文字を取ってＤＥＳといいます」

オレはカテーテルとＤＥＳの実物を見せて、バルーンを膨らませ、ステントが拡がるところを実演してみせた。

「これが、血管の中で拡がるのですか」

夫が首を突き出して見入る。

「そうです。この網目状の金属に薬が塗りつけてあり、それが溶け出して細胞の増殖を抑えるのです」

登美子は怖いものでも見るように夫に身を寄せる。オレは二人をリラックスさせるように、軽く笑ってみせる。

「ハハハ。大丈夫ですよ。私はこのステントの治療が専門ですから、どうぞご心配なく」

いつもながら、相手の知らないことを説明するのには快感がある。こちらが一段上にいるように感じて、優越感がくすぐられるのだ。

そのあと、合併症や突発事についても一応説明して、最後は「頑張りましょうね」と余裕の笑みで締めくくった。

登美子が細い肩をすぼめるようにして、頭を垂れ、拝むように両手をすり合わせる。デジャブ。どこかで見た姿だ。そうだ、神社で長々と祈っていた老婆と同じじゃないか。

なるほど、患者にすれば医療も宗教と同じなのかもしれない。医者は神父で、看護師は修道女《しゅうどうじょ》、診療ガイドラインは聖書だ。医者の白衣は祭服で、聴診器やペンライトは十字架や香炉《こうろ》の代わりだ。ＣＴスキャンなどの大仰な検査機器は豪華な聖壇《せいだん》で、近代的な病院は荘厳な聖堂というわけだ。詳しい内容を理解せずに、信じて救いを求めるところも同じだ。光琳記念病院は信者、いや患者が多いから、さしずめ有力宗派というところだろう。

医療と宗教のちがいは、実体があるかないかだけどな。そう思いながら、オレは小谷夫妻を面談室から笑顔で送り出した。

7

翌日の午後、小谷登美子のステント留置術は予定通りはじまった。

緊急用の手術室と同じ階にある透視室で、まず左手首に皮下麻酔をし、ガイドワイヤー用のシースを橈骨《とうこつ》動脈に挿入する。冠動脈の透視映像を見ながら、太さ〇・三ミリで先端がコイル状になったガイドワイヤーを、橈骨動脈、上腕動脈、腋窩《えきか》動脈、鎖骨《さこつ》下動脈と遡って、大動脈の基部《きぶ》から左の冠動脈に到達させる。

ここからが腕の見せ所だ。細かく分岐した左前下行枝の狭窄部に向け、手元の操作でガイドワイヤーをくねらせながら目的の部位に進める。ガイドワイヤーは軟らかいので、血管の分枝の入口に先端を通したあと、タイミングよく進めないとはずれてしまう。行ったり来たりしながら、枝をまちがえないよう微妙な力加減で操作する。

ガイドワイヤーが狭窄部を通り抜けると、第一関門通過だ。血管内超音波検査で、狭窄部の性状を確認する。石灰化《せっかいか》はなく、プラーク（コレステロールの沈着）だけのようなので、バルーンで難なく拡げられるだろう。

「小谷さん。順調に進んでいますよ。もし、何かあったら教えてくださいね」

患者を安心させるため、リラックスした調子で言う。小谷はあらかじめ処方した鎮静剤が効いているのか、間延びした声で「はぁい」と応える。

続いて、バルーンとステントを装着したカテーテルを、ガイドワイヤーに沿って送り込む。これまで何度も繰り返してきた操作だ。

バルーンとステントが狭窄部位に到達すると、手元のシリンジから生理食塩水を送ってバルーンを膨らませる。このとき、急に膨らませると、血管の壁に力がかかり、裂けることがある。指先の抵抗を感じながら、無理のない範囲で拡げていく。しかし、慎重になりすぎて時間がかかると、その間は狭窄部がバルーンで完全に閉塞されているので、末梢部《まっしょうぶ》への血流が遮断《しゃだん》され、心筋梗塞を引き起こす危険性が高まる。だから、狭窄部の拡張は、速からず遅からずが肝要。第二の腕の見せ所だ。オレは手元の感覚を確かめながら、バルーンを徐々に膨らませた。一・二ミリリットルほど注入したとき、シリンジの抵抗が変化した。バルーンが血管壁に密着したサインだ。ここから拡張がはじまる。

と、思ったとき、小谷が小さく呻《うめ》いた。

「どうかしましたか」

「ちょっと、胸が圧迫されるみたいで」

バルーンが血管壁に密着すれば、そこから先は血液が流れない。しかし、今、密着させたばかりだから狭心痛が出るはずはない。

「大丈夫ですよ」

安心させるように言い、バルーンをわずかに膨らませた。ようすを見ながら、慎重にピストンを押す。

次の瞬間、指先に痺れのような衝撃が走った。

何だ、今のは。

小谷が「ああっ」と声を上げた。「先生。苦しい」

額に冷や汗が浮き出ている。まずい。何かトラブルが起こっている。

「造影！」

バルーンを縮めて、造影剤を送ると、冠動脈から煙のように造影剤が噴き出した。出血だ。血管を裂いてしまった。そんなに力は加えなかったのに。

「血圧、測って！」

外まわりの看護師に命じると、震える声で答えた。

「七五の四〇。パルス一一四です」

出血性の低血圧と頻脈。バルーンによる圧迫やステントの追加で止血できる状態ではない。

「すぐ心外（心臓外科）に連絡して。緊急手術の依頼だ」

看護師が蒼白《そうはく》の顔で内線電話に飛びつく。

「先生。痛い、胸が、苦しい……。気分が悪い。ああ、吐きそう」

「小谷さん。しっかりして。大丈夫ですから。小谷さん！」

返事がない。心電図モニターが早鐘《はやがね》のように心拍音を伝えている。これが遅くなると心停止だ。

「顔を横に向けて。膿盆《のうぼん》を早く」

意識消失後の嘔吐《おうと》に備えて看護師に命じると、長谷部が透視室に駆け込んできた。早い。まるで待機していたかのようだ。

「小栗先生。どうしました」

「左前下行枝の狭窄部を拡張していたら、血管が裂けたみたいで」

説明しながら信じられない思いだった。オレがそんな初歩的なミスをするなんて。

「すぐ緊急で開胸する。麻酔科に連絡。ペイシェントをオペ室に運んで」

長谷部の指示で、続いて入ってきた心臓外科の医師たちが、小谷をストレッチャーに移し、緊急手術室に運び出した。

オレは何もできず、ただうろたえながらストレッチャーのあとを追い、麻酔科医や手術スタッフの緊迫した動きを見守るしかなかった。

手術台に乗せられた患者は、あっという間に全身麻酔をかけられ、ブルーの手術用ドレープで覆《おお》われた。無影灯《むえいとう》に照らされると、手術着に身を包んだ長谷部が執刀医の位置に立ち、何の躊躇もなくメスで患者の胸を大胆に切り裂いた。ストライカー（手術用電動ノコギリ）で胸骨を縦割りにして、心臓を露出する。心臓を包む心嚢《しんのう》は血液が充満し、心タンポナーデになりかけている。

「メス、コッフェル、吸引」

長谷部が矢継ぎ早に指示を出し、心嚢を切開して出血部位をさがす。

「剝離《はくり》鉗子、ケリー、クリップ」

裂けた冠動脈の周囲を剝離し、クリップをかけた。なんとか失血死の危険は免れた。

「このままＣＡＢＧに移行する」

ステント留置術ではなく、大動脈と冠動脈をつなぐバイパス手術への変更を宣言した。主治医のオレには一言の相談もない。致し方ない。長谷部は目の前の患者を救うことで頭がいっぱいで、ミスを犯した内科医のことなど眼中にないのだろう。

「すまないが、よろしく頼みます」

聞こえるか聞こえないかくらいの声でそれだけ言い、オレは手術室をあとにした。

8

医局の休憩室にはだれもいなかった。

ぐったり疲れてソファに座ると、身体が濡れた土嚢《どのう》のように重かった。

オレとしたことが、なぜあんなミスをしたのか。患者のことも気になるが、なぜあそこで血管が裂けたのかがわからない。無理に力を込めたわけでもないのに。これまでの症例では、狭窄部に石灰化があって、拡張にかなり力が必要だったものもある。超高齢で血管の壁がもろく、今にも破れそうな狭窄部を無事に拡張したこともある。それなのに、今回は何の前触れもなく裂けた。

いや、前触れはあった。直前の奇妙な指先の痺れ。絵馬をゴミ箱に捨てたときと同じような衝撃。今日の失敗は絵馬を捨てたことが原因なのか。まさか。そんな非科学的なことがあるはずがない。

否定したが、全身が脱力し、奇妙な浮遊感に囚われて、病棟にもどる気力が湧かなかった。

どれくらい時間がすぎたのか。窓の外は夕闇が迫り、医局にはいつも通りせわしない人の出入りがあった。しかし、休憩室でのんびり休めるほどヒマな医者はおらず、オレだけがずっとソファでへたばっていた。

「小栗先生。こんなところにいたんですか」

扉が開いて、長谷部が顔を出した。

「手術は無事に終わりました。小谷さんのご主人には、致し方ない突発事が起こったと説明しておきました。納得してくださいましたから、あとで問題になることはないと思いますよ」

「ありがとうございます。ご迷惑を、おかけしました」

戸口に立ったままの長谷部に、オレは頭を下げた。

「それにしても、小栗先生ともあろう人が、今日はどうしたんです」

答えられない。

「何か気になることでも?」

「いえ、別に。でも――」

オレは引っかかっていたことを長谷部に聞いた。

「心外に連絡したとき、先生がいち早く来てくれたので助かりました。ですが、驚きました。どうしてあんなに早く対応できたんですか」

「気になっていたので、心づもりをしていたのですよ」

「気になっていた？」

「ええ、共同カンファレンスのときに」

循環器内科と心臓外科は共通の疾患を扱うので、週に一回、共同カンファレンスで患者の情報を共有する。

「あのとき、小栗先生は特に問題なしということで、ごく簡単な紹介で終わったでしょう。僕はなぜか落ち着かないものを感じて注意していたのです」

「落ち着かないもの？　不吉な予感みたいなものですか」

「予感というか、虫の知らせというのか」

長谷部はもっと確信に近いものを感じていたにちがいない。絵馬を奉納する彼は、何かに守られているのか。

長谷部の顔が奇妙に歪んで見えた。笑っているような、嘲《あざけ》っているような、何かに取り憑かれたような不自然な表情。オレの目がおかしいのか。

「病棟の仕事があるので、失礼しますよ」

背を向ける直前、長谷部の顔が烏帽子をかぶった翁のそれのように見えた。

9

得意なはずのステント留置術で重大なミスを犯したのは、やはり絵馬を捨てたせいではないか。そんな思いがオレの頭を離れなかった。認めたくはないが、それ以外に理由が思い浮かばない。

しかし、あのミスは単なる偶然、不運だったとも考えられる。オレだって人間だ。思わぬミスをすることもある。理由がわからないからといって、天罰だの祟《たた》りだのというのはどうかしている。思いがけない不幸が続いたりすれば別だが、一度くらい予想外のミスをしたからといって、バチが当たったと考えるなんて滑稽《こっけい》すぎる。

気持ちを前に向け、自宅で風呂に入ろうとしたとき、下着のシャツに血がついていることに気づいた。左胸のあたりだ。シャツを脱いで確認すると、乳頭《にゅうとう》にわずかに血が滲《にじ》んでいる。手で触れると、乳輪《にゅうりん》の奥に小指の先ほどのしこりがあった。硬い。痛みはない。すぐに左の腋《わき》の下を調べる。リンパ節がゴリゴリと触れた。血の気が引く。

男性の乳がん。リンパ節転移。もしそうなら遠隔《えんかく》転移の可能性大。つまりはステージ4。

男性乳がんの発症率は、女性の百分の一にも満たないが、女性の乳がんより進行は早く、悪性度も強いことが多い。当然、予後《よご》も不良だ。

落ち着け。まだ悪性と決まったわけじゃない。

風呂に入るのをやめて居間にもどると、孝太郎が心配そうに聞いてきた。

「何かあった？」

「別に。ちょっと疲れているのかも」

上の空で答え、そのまま寝室に引き上げた。

翌日、出勤すると、朝いちばんで乳腺外科の部長に診てもらった。

「すぐ、針生検《ニードルバイオプシー》したほうがいい」

「やっぱり、悪性《マリグナント》ですか」

「たぶん」

「腋窩のリンパ節も？」

「反応性の可能性もあるが、おそらくは、転移」

目の前が暗くなるのを懸命にこらえ、部長の指示に従い、処置室でしこりに針を刺して組織を採取する検査を受けた。

針生検で病理検査の結果が出るのは二週間ほど先だ。生きた心地のしない日々がはじまる。やはり、あのとき絵馬を捨てたことが原因か。そんなバカな。

午後二時前、遅い昼食を摂ろうと地下の食堂に下りて行くと、また長谷部が奥の席で弁当を食べていた。

「ここ、いいですか」

食欲が湧かず、手ぶらで長谷部の前に座った。

「小栗先生、どうしたんです。顔が真っ青ですよ」

「何でもないです。あの、長谷部先生に聞きたいんですが、難しい手術のとき以外にも、神社に絵馬を奉納することはありますか」

長谷部はまたその話かというように、苦笑しながら答えた。

「そうですね。何か心配事があれば」

「もしも先生ががんになったら、治癒《ちゆ》を願って絵馬を奉納しますか」

「どうですかね。そのときになってみないとわかりませんが、ヤバイと思ったときは奉納するかも。そうせずに悪い結果が出たら後悔しますからね。千円くらいで気がすむのなら安いものでしょう」

「気休めで奉納するのですか」

「僕は真剣に絵馬を奉納していますよ。祈るときには作法を守るし、願いが成就すればお礼詣りにも行きます」

長谷部がご飯を箸ですくって口に運ぶ。咀嚼《そしゃく》の動きがなぜか気になる。

「きちんと祈れば、御利益があるのですか」

「それはわかりません。でも、目に見えない力で守られている気もしますし、偶然を装って導いてくれているような気もします」

「目に見えない力？」

「小栗先生。何か気になることがあるのなら、絵馬を奉納されたらいかがですか」

「でも、どうして」

「僕は子どものころから不思議な体験をしているんです。困っている人を助けるとか、友だちのために祈るとか、そういうことをすると、決まって僕自身にいいことが起こるんです。思いがけない褒美《ほうび》を与えられるというのか。だから、きっと何かが見守ってくれていると思うのです」

マジで言っているのか。

「それが絵馬と関係があるのですか」

「前にも言ったように代理行為ですよ。依り代としての」

針生検の痕が疼く。オレは無言で立ち上がり、そのまま早退の手続きをして、病院を出た。

オレは溺れる者だ。藁《わら》でも絵馬でも何にでもすがりたい。

北野町の神社に行き、本殿に詣ってから絵馬を買った。

『胸のしこりががんではありませんように。

がんであっても転移はありませんように。

転移があっても抗がん剤が効きますように。

病気を治してもらえるなら何でもします』

恐る恐る絵馬を奉納棚に掛けたが、指先には何の感覚もなかった。願いが受け入れられるなら、何らかの予兆があると期待したのに。

10

「絵馬を奉納してきました」

翌日、そう告げると、長谷部は何を願ったのかは聞かずに、「きっと守ってくれますよ」とだけ言った。どうしてそう言い切れるのか。根拠もないのに無責任ではないか。そんな思いも浮かぶが、口には出さない。

左胸のしこりも腋のリンパ節も、いっさい触れないようにした。刺激することで、がん細胞が散らばったり、増殖したりする危険性を考えてのことだ。

二週間の間、オレは不安と恐怖と絵馬に頼る気持ちで落ち着かない日々をすごした。

もしや、だれかがオレの絵馬を捨てたりしていないか。気になって何度も神社に確かめに行った。絵馬を奉納したとき、指先に何の反応もなかったことも気になった。いったん絵馬をはずして、掛け直してみたりもした。しかし、指先には何も感じなかった。神社の神はまだ怒っているのか。苦しいときの神頼みは、受け入れてはくれないのか。

絵馬を奉納したくらいで、診断が変わるはずがない。そんな思いが浮かびかけて、慌てて打ち消した。信じる者は救われる。求めよさらば与えられんだ。自分にそう言い聞かせ、ひたすら幸運を願った。オレはまだ死にたくない。まだまだやり残したことがある。オレはもっと多くの患者を救える。生きながらえることができたら、二度と前のようなミスはしない。だから、どうか、助けてください。

眠れない夜をすごし、食欲も失《う》せ、生きた心地もしない日々を経て、いよいよ検査の結果を聞く日が来た。

乳腺外科の部長に呼ばれて診察室に行くと、部長は結果の報告書を見て首を傾げた。

「ちょっと意外なんだけど、細胞診《さいぼうしん》の結果は良性だったよ」

自分の耳を疑った。

「まちがいないんですか」

「たぶんね。もう一度、診察させてくれるか」

上半身を脱ぐと、部長がオレの左胸と腋窩をていねいに触診して言った。

「しこりも消えているね。腋のリンパ節も反応性の腫脹《しゅちょう》だったようだ」

自分でも触ってみる。乳輪の奥を探るが何も触れない。腋の下も同じだ。

「何だったんだろうね。でもまあ、よかったじゃないか」

キツネにつままれた思いだ。検査の結果は異常なし。がんではなかった。

一気に不安と恐怖から解放された。絵馬のおかげか？　バカな。オレが過敏に反応しすぎただけだ。オレともあろうものが、何を血迷ったのか。

晴れ晴れした気分で医局にもどると、ばったり長谷部と出くわした。

「小栗先生。すっきりした顔していますね。何かいいことでもありましたか」

「ええ、まあ」

「もしかして、絵馬に書いた願いが叶ったとか？　だったらお礼詣りに行ったほうがいいですよ」

「もちろんです」

そうだ、もちろんお礼詣りになど行く気はない。オレはむしろ自分に腹を立てていた。病気の心配があったからとて神仏にすがるなど、オレはそんなに弱い人間だったのか。少しは宮本武蔵を見習え。

さすがに奉納した絵馬を回収することまではしなかったが、神社に足を向けることもなかった。検査結果を待つ間、ステント留置術の予約を入れなかったので、待機患者が溜まっていた。オレは午前と午後の両方に予定を入れ、順番待ちの患者に次々とステント留置術を施していった。

もちろん、全例成功。トラブルはいっさいない。これこそオレの本来あるべき姿だ。

11

病院の交換台から外線の電話を知らされたのは、十一月十一日、午前十時すぎだった。相手は長野県警本部の地域部山岳安全対策課の警部補。名前は聞き取れなかった。

「小栗孝太郎さんのご家族さまですか。本日、午前九時二十分ごろ、孝太郎さんが八ヶ岳《やつがたけ》連峰の権現岳《ごんげんだけ》付近で遭難されたもようです」

孝太郎は大学祭の休みを利用して、一泊二日で八ヶ岳に単独登山に出かけていた。登山計画では、観音平《かんのんだいら》から編笠山《あみがさやま》に登ったあと、青年小屋で宿泊し、翌朝は権現岳に登って、下りは三ツ頭《みつがしら》から観音平にもどる予定だった。

孝太郎はこの日、午前六時すぎに青年小屋を出発して、権現岳を目指したが、途中で予想外の吹雪に見舞われ、ホワイトアウトの状態となって尾根から滑落《かつらく》したとのことだった。スマホから長野県警に救助を求める連絡があったが、直後に通話が切れ、詳しい状況がわからないと警部補は言った。

「滑落したって、孝太郎は無事なんですか」

「確認は取れておりません」

「すぐ救出に向かっていただいたんですか」

「悪天候のため、現在、待機しております。天候が回復次第、県警ヘリでの捜索を開始する予定です」

「天候はいつごろ回復しそうなんです？」

「それも何とも。今朝の天候急変も、まったく想定外でしたから」

まったく想定外の天候急変。不吉な思いが脳裏をよぎる。

まさか、オレが絵馬のお礼詣りに行かなかったから、神社の神がオレを懲《こ》らしめるために、孝太郎を遭難させたのか。

孝太郎のスマホに連絡してみたが、「おかけになった電話は電源が入っていないか、電波の届かない場所に」という案内が流れただけだ。

どうすべきか。今からでも間に合うのか。北野町の神社に詣って、絵馬だけでなく祈禱もしてもらえば孝太郎は救われるのか。それならいくらでも寄進《きしん》する。

だが、ふと社務所の値段表が浮かんだ。

——一般祈禱：三万円　特別祈禱：五万円　但し、初穂料により、ご祈禱時間、祝詞の内容、お下がり品が変わります。

ふざけるな。何が初穂料によりだ。人の弱みにつけ込んで、当てにもならない祈禱で大金を巻き上げて、それでも神に仕える身と言えるのか。

けれども、もしほんとうにお礼詣りに行かなかったせいで孝太郎が遭難したのなら、己の非を認めて、心を込めて絵馬を奉納すべきではないか。

いや、だめだ。ここでもし絵馬を奉納して、孝太郎が無事に救出されたら、オレはもう生涯、絵馬から自由になれない。絵馬に這《は》いつくばって生きるしかなくなる。

しかし、ほかに孝太郎を救う手立てはあるのか。ここは神仏に祈る以外に道はないじゃないか。このまま手をこまねいていたら、もっと悪いことが起こるかもしれない。

ここは潔く……。いや、冷静になれ。そんな非科学的なことにオレは振りまわされるのか。神仏に頼るなど、合理的な考えができない人間のすることだ。

オレは早退届を出して、とにかく自宅にもどった。何もできずに待つ身はつらい。しかし、何かすべきことはあるはずだ。

長野県警本部に問い合わせたが、状況は変わっていなかった。天候回復の目途も立たない。絵馬を奉納しろという声が、頭の中に聞こえる。ワシに祈れと、神社の神が心を惑わす。それを振り切り、ふたたび長野県警本部に聞いて、権現岳の最寄りという茅野《ちの》警察署で待機することにした。新宿から中央本線に乗り、茅野駅に向かう。

天候だけでも早く回復してくれ。そう願いながら、自然がオレの希望に反応するわけはないとも思う。

がら空きのあずさ25号の座席で、堂々巡りを繰り返した。孝太郎の遭難は、オレが神社の絵馬を蔑ろにしたせいか。神社の神はオレを罰するために、この季節にあり得ない吹雪を起こして、孝太郎の命を危険に陥れたのか。孝太郎には何の罪もないのに。

だとしたら、あまりに卑劣じゃないか。息子の命と引き替えに、オレに信心しろというのか。そこまでして、オレの信仰心がほしいのか。もしもこのまま孝太郎が死んだら、オレはバチが当たったと、ずっと悔いながら生きていかなければならないのか。

しかし、絵馬のお礼詣りをしなかったからといって、そんな仕返しをするなんて、神よ、アンタはあまりに心が狭すぎるじゃないか。神として、そんなふうに人の運命を弄んでもいいのか。神のくせに、お礼詣りに来なかったからとて、天候まで急変させるなんて、能力の乱用だ。

茅野駅には午後三時すぎに着いた。タクシーで警察署に向かう。

出迎えてくれたのは、電話で応対してくれた県警本部の警部補だった。オレの顔を見るなり笑顔で言った。

「先ほど県警ヘリが捜索して、孝太郎さんらしき遭難者を発見したと連絡がありました」

オレの罵倒が効いて、神が反省したのか。いや、喜ぶのはまだ早い。生きて見つかったとはかぎらないのだから。

「孝太郎は無事なんですか」

「現在、救助隊員が斜面に下りて状況を確認中です」

焦《じ》らされる。女性の巡査部長が二階の控え室に案内してくれた。副署長やその他の署員も来て気遣ってくれる。大丈夫、孝太郎は無事だと自分に言い聞かせながら、オレは次の報告を待った。

しばらくして署員が警部補を呼びに来て、部屋を出て行ったあと、ほっとした顔でもどって来て言った。

「孝太郎さんは無事です。意識もはっきりしていて、大きな怪我もないとのことです。まさに奇跡です」

「ありがとうございます」

滑落は約二十メートル。孝太郎はヘルメットをかぶっていたのと、たまたま飛び出た岩場に足がかかったのとで奇跡的に無事だったらしい。スマホは低温によるシャットダウンだったようだ。

だが、まだまだ安心はできない。なにしろ相手は天候も左右できるのだ。ヘリが帰路で墜落しないともかぎらない。着陸に失敗するとか、高山病《こうざんびょう》や肺塞栓、低酸素血症を起こす危険性だってある。

孝太郎は衰弱しているので、病院に救急搬送されるとのことだった。警察署から搬送先の病院までタクシーを飛ばすと、ちょうどヘリが到着したところだった。孝太郎がストレッチャーに乗せられて運び出される。オレは夢中で駆け寄り声をかけた。

「孝太郎、大丈夫か。オレだ。わかるか」

孝太郎は遭難のショックのせいか呆然《ぼうぜん》としていたが、バイタルサインも安定していて、凍傷《とうしょう》もないとのことだった。

救命救急センターに運び込まれるのを見送ってから、ようやくオレは安心した。ここまでくれば大丈夫だ。病院の敷地から、山頂が白くなった八ヶ岳連峰が見えた。

拳を握りしめ、心の中で叫んだ。

オレは勝った。絵馬を奉納せずに息子の無事を勝ち取った。どうだ。アンタに祈りもしなかった。アンタがどれだけ不運をこしらえ上げても、オレは音を上げなかった。オレはアンタに勝ったんだ！

心の中でそう叫びながらふと思った。

って、オレはいったいだれに向かって言ってるんだ？

12

新しい年が明けた。

あれから体重が十キロ減った。
孝太郎は入院したままだ。
オレの絵馬は十枚になった。
今日はこう書いた。

『山で遭難して発症した孝太郎のうつが
どうか治りますように。
孝太郎が二度と自殺未遂をしませんように。
万一、自殺を企てても、
前のように命だけはお助けください。
孝太郎が亡くなったら、私は生きていけません。
どうぞよろしくお願いいたします。
切《せつ》に切にお願いいたします』

貢献の病

1

地下鉄の改札で、別れ際に手を振ったとき、田丸《たまる》あかりさんの笑顔がすっと憐れむように歪んだ。

今日が締め切りの文庫解説のゲラを届けに行ったら、田丸さんから、「今夜、このあと時間ある？」と聞かれ、麻布十番《あざぶじゅうばん》のビストロに誘われたのだった。隠れ家的なフレンチで、今城《いましろ》先生ともよく打ち合わせで来た店だ。

「ここ、久しぶりですね」と、浮かれた声を出すと、田丸さんは口元を引き締めただけで、何も言わなかった。それで何か話があるのだなと悟り、わたしも余計なことは言わないようにした。

料理もワインも軽めだったけれど、田丸さんの話は重かった。

「イメージが固まってしまっているのかもしれないわね」

今城榮太郎《えいたろう》の書く小説は、どうせこんなもんだと読者に見えてしまうので、売れなくなったということらしい。

「先生ご自身は気づいていらっしゃるのかしら。秘書さんから見てどう？」

「さあ、たぶん、順調だと思ってるんじゃないですか」

困惑ぎみに答えると、田丸さんが食事の手を止め、ため息をついた。

田丸さんは、今は第三文芸部の部長になっているが、偉くなったあとも今城先生の担当を続けてくれている。純文学の作家としてスタートしながら、鳴かず飛ばずだった今城先生にエンタメ小説を書かせ、一躍ベストセラー作家に変身させたのは、田丸さんの慧眼《けいがん》があってこそのことだ。田丸さんはいわば先生の才能の発見者であり、育ての親でもある。

以来、二十年、今城先生は多くの出版社から本を出しているが、先生も田丸さんを特別な編集者として信頼している。今日も出がけに、「田丸さんによろしくな。また飲みに行こうと言っておいてくれ」と、余裕の表情で言いつけた。

「うちの先生、そんなにアブナイんですか」

上目遣いに聞くと、田丸さんはいつになく深刻な顔で答えた。

「野尻《のじり》さんだから言うけど、他社の編集はたぶん、今城先生をもう終った作家と見てる。この前、世林社《せいりんしゃ》から出た『隅《すみ》っこの仔《こ》』が、初版七千部だったのが、千五百部しか売れなかったらしくて、世林は先生に見切りをつけたみたい。ほかからも連絡ないでしょ」

そう言えば、このところ短編の注文もないし、ましてや長編の依頼もない。今日、持参した文庫の解説も、著者の希望ということで久しぶりに声がかかったのだ。

「うちの筑紫《ちくし》だって、今城はぜんぜん売れないじゃないかってボヤいてたもの」

筑紫恒雄《つねお》は光翼《こうよく》出版の文芸担当常務で、前に大きな新聞広告を打ったのに、先生の本が思ったほど売れなかったことを指しているのだろう。

「この際だからストレートに言うけど、読者は今城先生の小説に飽きはじめているのよ。なのに、先生は熱く理想を語るでしょう。編集者は面と向かってイヤな顔もできないから、おとなしく拝聴しているけど、裏では悪口の言い放題よ。先生はせっかちだから、『すぐしろ、今しろ先生』だとか、お金にうるさいから、『エンタメ作家じゃなくて、円貯《えんた》め作家』だとかね。ご自分の小説を編集者に渡すときも、いつも『今度のはいいだろう』とおっしゃるから、榮太郎じゃなくて『イイダロウ先生』なんて陰で呼ばれてる」

ショックだった。そんなふうに言われているなんて、知らぬは本人ばかりなり、だ。

たしかに先生はちょっと傲慢《ごうまん》で、エリート意識が抜けきっていないところもある。元が文科省のキャリア官僚だったとか、六十八歳というお歳の影響もあるだろう。わたしが秘書になった十六年前は、もう少し謙虚で、編集者に対しても丁寧に応対していた。それが初版の部数が増え、あちこちで書評にも採り上げられるようになって、いつの間にか裸の王様になってしまったのかもしれない。

「今のままじゃ、うちだっていい顔ばかりはしていられない。厳しいことを言うようだけど、わたしがこんなことを言うのも、先生のことを思ってのことだからね。ほかの出版社は黙って去るだけでしょ」

たしかに、田丸さん以外の編集者は何も言ってこない。厳しいことを言ってくれる田丸さんは親切なのだ。彼女だって、売れる作家のほうばかり向いていれば楽だし、実績も挙げやすいのだから。

わたしは地下鉄のつり革を持ちながら、憂うつな気分で車窓に映る自分の疲れた顔に問いかけた。

（どうやってこの話を先生に伝えればいい？　先生はプライドが高いし、作品には絶対の自信を持っているから、下手に話すと逆ギレする。そんなことになったら、せっかくの田丸さんの親切を無にしてしまう。困った……）

2

最寄りの駅から徒歩十七分。若いころはもう少し速く歩けたが、四十四歳の今はこれが精いっぱいだ。気持ちの上でも、今日の足取りは重くならざるを得ない。

１ＬＤＫのマンションは、朝出たときのまま冷え切っている。間接照明の灯りをつけると、リビングの壁を覆う本棚に、今城先生の本と作品が掲載された文芸誌がずらりと並んでいる。帰宅したとき、いちばんに目に飛び込むように配置してあるのだ。

わたしが今城先生の秘書になったのは、先生がエンタメ作家になってから書いた『闇のきらめき』を読んで、心底、感動したからだ。貧困家庭の話で、病弱なシングルマザーを助けて、少年が弟の世話をしながら健気に成長するビルドゥングスロマンだ。

先生が秘書をさがしていると先輩の編集者から聞き、ご自宅に押しかけて『闇のきらめき』への思いを夢中で話したら、運よく採用された。当時、わたしは出版社の契約社員で、正社員を目指して頑張っていたが、そろそろ疲れはじめていたころだった。

今城先生の小説は、毎回、学校推薦図書にでもしたくなるような良書で、貧困やいじめ、格差社会などをテーマに、リアルかつ意外な展開でハッピーエンドになるものが多い。それは先生が常々、「作家は作品を通じて社会に貢献すべきだ」と公言していることの具現でもある。

作品だけでなく、実際の活動でも、先生はアジア太平洋教育機構の理事や、キャピタル放送の番組審議委員、世田谷区文化専門委員など、社会貢献につながる役職を引き受けている。

田丸さんは、先生がお金にうるさいと言ったけれど、それは自分が贅沢をするためではなく、金銭面での社会貢献をするためだ。毎月、ユニセフと日本赤十字社に五万円ずつ、貧困家庭を支援する認定NPOには十万円、国境なき医師団にも二万円を振り込んでいる。

この前は、自由な報道を目指すジャーナリストのグループに、ぽんと百万円を寄付した。そんな寄付を十数年続けているのだから、総額は三千万円を超えているはずだ。いずれも匿名で、寄付について口外することはまずない。そこが先生の偉いところだと、わたしは尊敬している。

それなのに「円貯め作家」だなんてひどい誤解だ。先生のほんとうの姿を知らせてやりたいが、たぶん、先生は余計なことをするなと言うだろう。

先生がせっかちなのは事実で、しなければならないことが滞《とどこお》ると、途端にイライラしはじめる。編集者の言った日にゲラが届かなかったり、問い合わせのメールに返信がなかったりすると、矢の催促となる。だから、わたしが前もって手配して、先生にストレスがかからないようにしている。

秘書の仕事は、ほかにも資料集めや取材日程の調整、作品の事実関係のチェックや、話の流れを時系列でまとめたりする。ときには作品の感想を求められたり、人物の性格設定に意見を求められたりもする。いいアイデアを出すと、先生はこだわりなく採用してくれる。だからわたしも真剣に考える。

五年前、先生の小説が映画化されたとき、主演俳優との対談で、先生はわたしの名前まで出して、「秘書に助けられています。半分は共同作業です」と言ってくれた。舞台袖でそれを聞き、わたしは顔が真っ赤になるほど嬉しかった。リップサービスだとしても、そんなふうに言ってくれるなんて、天にも昇る心地だった。

わたしが秘書になってから、先生は新聞での連載、作品のテレビドラマ化、韓国や台湾での翻訳などが続き、単行本の増刷は当たり前のことだった。少し前にも、先生の小説を有名な漫画家がコミック化して、そのアニメが一大ブームになったりもした。

しかし、出版業界が不況に陥り、先生の本の売れ行きも落ちた。初版の部数が二万から一万五千、一万、八千部へと減り、ついには世林社の『隅っこの仔』が七千部になった。それが三カ月たって実売千五百部で止まったなんて、信じられないことだ。

『隅っこの仔』は決して悪い小説ではない。わたしはいつも通り三冊買い、本棚のいちばんいい場所に飾ってじっと眺めている。この作品が売れなかったのは、タイトルからして、読者に先を読まれてしまったからかもしれない。しかし、今城先生は自信満々で、売れないのをカバーや宣伝のせいにしていた。

さて、どうやって話せば、先生に現実を受け入れてもらえるだろうか。

3

今城先生の自宅は、京王線の桜上水《さくらじょうすい》駅から上北沢《かみきたざわ》方向に歩いて十分ほどの閑静《かんせい》な住宅街にある。元々は先生の祖父母が住んでいた土地で、十八年前、先生が豪勢な日本家屋を建てたのだ。

午前九時。屋根付き門の横から入り、玄関の引き戸を開けて、「おはようございます」と声をかけると、奥から和服姿の夫人が出てきた。

「おはようございます。今朝は先生は？」

改めて挨拶をして訊ねると、「まだお休みよ」との答えだった。今城先生は基本昼型だが、たまに徹夜をすることもあり、そんなときは午前十一時ごろまで寝ているのが通例だ。

「昨夜は、文科省時代のお友達と飲み会があってね。遅くに帰ってきたあと、仕事部屋にこもっていたから」

先生が文科省時代の友人とつき合い続けているのは、作品づくりに役立つからだ。いじめや学級崩壊、不登校や教育格差など、現場の実情を聞くことが執筆の参考になる。

靴を脱いで上がろうとすると、夫人が両手を握ったり開いたりしていた。数年前から夫人は関節リウマチを患っていて、専門の病院で治療を受けている。

「指の調子、いかがですか」

「今朝はこわばりがひどいのよ。朝はたいてい調子悪いんだけど」

「お大事になさってください」

わたしは通り一遍《いっぺん》の言葉で一礼し、二階の仕事場に向かった。

今城先生の仕事場は二階の八畳間で、手前の四畳半がわたしの居場所になっている。机とパソコン、プリンター、固定電話などが据えられ、奥の八畳間とは襖《ふすま》で隔てられている。鞄を置き、椅子を引くと、思わずため息が洩《も》れた。昨夜の田丸さんの話を思い出したからだ。

多くの出版社が今城先生を〝終った作家〟と見ているというのはほんとうだろうか。そんなことをストレートに言えば、先生は激怒し、田丸さんを口をきわめて罵るだろう。彼女との関係が切れたら、それこそ先生は終ってしまう。わたしの仕事もなくなるかもしれない。

いや、わたしのことなどどうでもいい。今はとにかく先生に奮起してもらい、これまで以上に素晴らしい作品を書いて、出版社と読者をあっと言わせなければならない。しかし、そんな新機軸がすぐに見つかるだろうか。

パソコンを立ち上げようとしたとき、重ねた書類の上にメモ書きがあるのに気づいた。先生の几帳面な字で、「コピーを頼む」とある。書類は『希望を食う天使』の出版契約書だった。

この小説は、今城先生が二年前に出した長編で、版元は光翼出版。自閉症スペクトラムの主人公が、特別支援学級でいじめられながらも、特異な集中力を発揮して、アール・ブリュット（生《き》の芸術）の造形家として成功する物語だ。当初、単行本は売れなかったが、光翼出版がタイトルを『希望天使』にしてコミック化すると、意外な人気が出て、さらにアニメ化されると、社会現象になるほど大ヒットした作品だ。おかげで単行本も売れ出し、現在、四刷りで一万九千部になっている。その出版契約書のコピーが、なぜ今ごろ必要になったのか。

取りあえず契約書を広げ、一ページずつコピーを取った。

それからメールを開いて、必要なものに返信していると、まだ午前十時にもなっていないのに、先生が階段を上ってくる足音が聞こえた。その速い足取りから、今日は朝から急ぎの仕事があるのだなと察した。

階段の上り口から、普段着姿の今城先生が踏み込んできた。そのまま八畳間に向かうのかと思いきや、わたしの後ろに立ち止まり、「契約書のコピーはできてるか」と怒ったように聞いた。

立ち上がって差し出すと、厳しい表情で必要なページを確認しはじめた。先生は半白髪のオールバックで、目力が強く、眉も濃いので、怒るとほんとうに恐い顔になる。なぜコピーが必要なのかなどとは、とても聞ける雰囲気ではない。

最後まで確かめると、先生は吐き捨てるように言った。

「光翼出版の筑紫の野郎は、とんでもない守銭奴だ。あそこはコウヨク出版じゃなくて、ゴウヨク出版だ」

社名を〝強欲出版〟などと言い換えたのは、怒りながらも少しは浮かれた気分があるのか。ここでうまく合いの手を入れれば、機嫌も回復するかもしれない。

「どうかされたんですか」

「昨夜、文科省時代の仲間に、例の『希望天使』で、ボクが大損をしていると言われてね」

先生がまくしたてたのは、次のような内容だった。

飲み会でアニメの『希望天使』の話が出たとき、あれだけのヒット作なら先生にもたんまり原作料が入っただろうと冷やかされた。ところが、『希望を食う天使』はコミック化までが原作の二次利用で、アニメ化は三次利用なので、著作権使用料は発生しないと、光翼出版から説明されていた。契約書にそう書いてあるのだが、それはおかしいという話になり、先生が出版社に搾取《さくしゅ》されているということになったらしい。同席していたキャリア官僚が、権利関係に強い弁護士を知っているからと、その場で電話をかけてくれた。今城先生が概要を説明すると、それは明らかにおかしい、アニメ化で発生した利益は当然、先生にも還元されるべきだということになって、光翼出版が著作権使用料を支払わない場合は、裁判で訴えるべきだと言われたというのだ。

「……裁判、ですか」

わたしは思わず呻いた。

「『希望を食う天使』のアニメ化が三次利用というのは、前からボクも引っかかっていたんだ。弁護士の大隅《おおすみ》先生は、当然、権利を主張すべきだとおっしゃっていた」

光翼出版を相手に裁判を起こすなんて、今ほどタイミングの悪いときはない。

そう思ったが、宙をにらんだ先生の目は、すでに臨戦態勢に入っていた。

「今日の午後二時に、大隅先生の事務所にこの契約書のコピーを届けてくれ」

早口に言い残すと、先生はわたしの返事も聞かずに奥の八畳間に消えた。

4

渡された出版契約書のコピーを、わたしははじめから読み直してみた。

問題の箇所はすぐにわかった。

『第十三条　甲（今城）は乙（光翼出版・筑紫）に対し、本著作物の以下の利用に関する著作権の管理を委託する。
1．翻訳出版
2．映画化、テレビ化、ビデオ化、コミック化、アニメーション化、ゲーム化等の二次利用
　第十四条
1．甲は本著作物の二次利用に関して、第三者（以下「丙」という）との交渉、契約締結

その他の管理を乙に委託する。
2．乙は甲に対し、丙からの使用料を代理受領した日から90日以内に、受領額の60％を甲に支払うものとする。
3．本著作物の三次利用に関しては、著作権使用料は免除される』
要は、アニメーション化された『希望天使』が、二次利用なのか三次利用なのかということだ。もし、二次利用なら、大ヒットしたアニメーション収益の六〇パーセントが今城先生の取り分になるから、何億という金額になるだろう。しかし、それは同時に、光翼出版がそれだけの利益を手放すことになるのだから、おいそれとは認めるはずがない。すなわち、長期のもめごとは必至ということだ。

わたしは頭を抱えたい気分だったが、取りあえず、「大隅弁護士事務所」のHPを開いた。プロフィールによると、大隅誠《まこと》弁護士は現在五十歳。黒髪の七三分けに銀縁眼鏡で、いかにもやり手という感じだ。

午前中、何度か呼ばれて八畳間に入ったが、今城先生は仕事そっちのけで、裁判に関わるネット情報に熱中していた。パソコンから目を離さずに、怒りのこもった声で言う。

「筑紫は『希望を食う天使』をアニメ化したら、ヒットするのがわかっていたんだ。だから、わざと間にコミック化をはさんで、アニメを三次利用であるかのように見せかけた。こっちが契約書をしっかり読まずにサインすることにつけこんで、あざとい条文を差しはさんだ。まったく信義にもとるやつだ。そう思うだろ」

「はあ」

わたしに反論する権利はない。だが、アニメが成功したのは、コミック化した『希望天使』がヒットしたからで、小説の段階でヒットがわかっていたわけではないだろう。事実、ウケているのはコミックのキャラクターで、はっきり言えば作画した漫画家の功績が大きいように思える。

先生は「契約書をしっかり読まずにサインすることにつけこんで」と言うけれど、それは先生のほうが恥ずかしい話だ。しかし、わたしがそんなことを指摘しても、聞く耳は持たないだろう。昨夜の田丸さんの話も気になったが、とても言い出せる状況ではない。

午後一時十五分。少し早めに今城先生の家を出て、わたしは渋谷《しぶや》区代々木一丁目の大隅弁護士事務所に向かった。

二時少し前にインターフォンを押すと、受付の女性が招き入れてくれた。執務室に通され、待っていた大隅弁護士に契約書のコピーを手渡した。

「ご苦労さま。そこに掛けてください」

本革のソファを勧められて腰を下ろすと、大隅弁護士は契約書の条文に目を走らせた。猛烈な集中力で、わたしなどまったく目に入らないようすだ。

「たしかに三次利用については、著作権使用料は免除されるとありますが、不自然ですね。

これまでのほかの契約書にも、この条文はありましたか」

「確認していません」

「もし、新たに付け加えたのであれば、契約時に説明すべきです。それがなかったのであれば、故意に隠した可能性もある」

しかし、契約書にはっきり書いてあるものを、よく読まずにサインしたのなら、サインしたほうに落ち度があるのではないのか。

「まず光翼出版に対し、内容証明を送って、アニメ『希望天使』に関わる今城先生の取り分を請求します。請求額は四十五億円。根拠はこれです」

大隅弁護士はあらかじめ用意したペーパーをわたしに見せた。

『アニメ「希望天使」の興行収入：四百二十億円
映画館の取り分：二百十億円
配給収入：二百十億円　内、光翼出版取り分：九十億円。

アニメ関連のグッズ、フィギュア、楽曲、その他の売り上げ六十億円。

光翼出版のアニメ関連収入合計：百五十億円。

請求額は三次利用の側面のあることを勘案し、二次利用の二分の一、すなわち三〇パーセントとする』

「光翼出版が、三十日以内に支払いに応じない場合は、法的手続きに入る旨、内容証明に明記しておきます。今城先生にお伝え願えますか」

「わかりました」

わたしが答えるのと同時に、大隅弁護士は執務にもどった。

5

今城先生が訴訟を考えていることを、わたしは田丸さんに伝えるべきだろうか。

これまでの恩義を考えれば、当然、伝えるべきだろう。しかし、情報が田丸さんから筑紫常務に伝われば、事前に対策を講じられてしまう。それでは今城先生を裏切ることになる。訴訟のことを田丸さんに黙っていれば、わたしが彼女を裏切ることになる。田丸さんには伝えるけれど、筑紫常務には言わないでくれと口止めすれば、田丸さんが常務を裏切ることになる。どの道を選んでも、だれかが裏切り者になってしまう。厄介なことになったなと、わたしは今城先生を恨めしく思った。

帰りの京王線の急行が桜上水に近づいたとき、田丸さんにLINEを入れ、今夜、至急、会いたいと伝えた。田丸さんは校了前で忙しいようだったが、一時間くらいならと、会社の近くにある担々麺のおいしい店で会うことになった。

今城先生宅にもどり、大隅弁護士から預かった書類を渡して、「請求額は四十五億円だそうです」と伝えた。

その額を聞いた瞬間、今城先生の顔が喜悦に緩んだ。

「ようし。これで筑紫も少しは反省するだろう。あそこの社は東日本大震災のときも熊本地震のときも、いっさい義援金を出しておらんのだ。出版社としての社会的責任はどう考えているんだと、面と向かって問い糺《ただ》したら、筑紫は、うちは慈善団体ではありませんのでと、いけしゃあしゃあと答えよった。利益ファーストの金の亡者だ」

たしかに今城先生は、東日本大震災のときも熊本地震のときも、広島の豪雨災害のときも、それぞれ五十万円ずつ寄付をしている。驚くような額ではないが、匿名で素早く動いたのは、ふだんから社会貢献を口にしている先生ならではだろう。

わたしは自分の机にもどって、ほかの著作の出版契約書を確認したが、三次利用について触れたものはなかった。やはり、筑紫常務は『希望を食う天使』のアニメがヒットすると見込んで、この条項を加えたのだろうか。

午後六時すぎ、わたしは今城先生宅を辞し、田丸さんと待ち合わせた麴町《こうじまち》の四川料理店に向かった。

先に着いて待っていると、七時ちょっとすぎに、田丸さんが早足で入ってきた。

二人で担々麵と焼売《シウマイ》を頼み、飲み物はウーロン茶にして、わたしは即、本題に入った。

アニメの著作権使用料については、田丸さんは疲れた声で答えた。

「今城先生には、アニメはコミックを基にしたもので、小説とはタイトルも変わっているし、小説に登場しないキャラもいるから、三次利用ということで納得していただいてるはずよ」

「そうなんですけど、文科省時代の知り合いに、おかしいと言われたみたいなんです。弁護士さんにも相談して、今日の午後、契約書のコピーを届けに行きました」

「で、弁護士さんは何と?」

請求額や内容証明のことを伝えると、田丸さんは両肩から力が抜けたようなため息をついた。あきれてものも言えないという顔つきだ。

わたしは申し訳なくて、訴訟の準備のことをあらいざらい話した。しゃべってから、はたと気づいて確認した。

「今の話、筑紫常務にも報告しますよね、当然」

わたしがしまったという顔をしているのを見越したように、田丸さんは首を振った。

「聞かなかったことにするわ。野尻さんと接触しているのがわかると、常務はわたしをスパイだと思いかねないから。疑り深いのよ、あの人」

田丸さんは筑紫常務を出版人としては尊敬しているけれど、人間的には必ずしも信用していないようだった。わたしは田丸さんへの義理も果たし、口止めもしなくてすんだことに安堵《あんど》し、スープが濃厚な担々麺を堪能することができた。

6

それからも、田丸さんとわたしは密かに連絡を取り合った。

光翼出版に届いた内容証明を見ると、筑紫常務は「何だ、これは」と激怒し、今城先生を「時代遅れの老害作家」とこきおろしたそうだ。直接、怒鳴り込みに行くというのを、田丸さんが必死に止めてくれたようだ。

光翼出版から支払い拒否の返事が届くと、大隅弁護士が訴訟手続きに入る前に打ち合わせをしたいと言って、今城先生宅に来ることになった。

当日、わたしは関節リウマチで手が思うように動かない夫人に代わり、スリッパをそろえたり、茶菓《さか》を出したりした。今城先生は庭に面した応接間に大隅弁護士を通し、和服姿で打ち合わせに臨んだ。

「いよいよ訴状の提出ですな。口頭弁論の期日はいつごろになりそうですか」

籐椅子にゆったりと腰かけた今城先生は、裁判の予習は十分とばかりに訊ねた。

「そう先走らないでください。出版契約の条文を検討しましたが、契約書に三次利用の著作権使用料は免除されると明記されているかぎり、それを覆《くつがえ》すのはむずかしいと思われます」

「何ですと？」

せっかちな先生は即座に反論した。

「アニメは小説の二次利用だと言っているでしょう。二次利用なら六〇パーセントの支払いになるはずだが、先方に配慮して三〇パーセントにしたのではないですか。なんなら契約書通りの六〇パーセントの支払いを要求してもいいくらいだ」

「しかしですね、アニメの『希望天使』は小説とタイトルもちがいますし、コミックではプロットに改変も加えられていますから、それを踏襲したアニメは、コミックの二次利用、先生の小説から見れば三次利用と見なされる可能性が高いのです」

「冗談じゃない。コミックは後出しジャンケンみたいなもので、すでにある作品をいじるのだから、そりゃいろいろ改変もできるだろう。だが、すべては小説があってのことで、そのコミックを基に作られたアニメも同様で、小説から直接作られたって、同じものになるはずだ。すなわち二次利用にほかならない。だれがなんと言おうと、これだけは断言する」

「おっしゃることはよくわかりますが、敵も説得力のある主張を繰り出してくるでしょう。裁判官がどちらを採用するかはまったく予測がつきません。二次利用か三次利用かという争いは、結局、水掛け論になる危険性が高い。その場合は裁判官は現状肯定、すなわち、三次利用と見なす公算が大きいことになります」

今城先生はすぐに反論できず、灰色の老人環《ろうじんかん》の出た黒目に憤りの色を滲ませるばかりだった。

「じゃあ、裁判は不利だとおっしゃるんですか。それでは先日、電話で相談申し上げたときと話がちがうじゃありませんか」

「話は最後までお聞きください。私は契約書に明記されていることを覆すのはむずかしいと申し上げただけで、裁判が不利だとは申しておりません。大丈夫、私に考えがあります」

二人のやり取りにハラハラしていたわたしは、大隅弁護士の目が冷たく光るのを見た。

「世論を味方につけるのです。訴訟を大々的にマスコミに公表し、『希望天使』のアニメで、光翼出版が暴利を貪り、原作者たる今城先生が蔑ろにされていることを訴えるのです。今はSNSがありますから、情報はすぐに広まります。『希望天使』の原作者が冷遇されていることが知れ渡ると、世間は先生の味方になり、光翼出版を敵とみなすでしょう。出版社にとって、世間から敵視されるほどつらいことはありません。売り上げに大きく響きますからね。裁判が長引けば、光翼出版のイメージダウンにもつながります。敵は事態の早期収拾を望むでしょう。そこでこちらに有利な和解に持ち込むのです」

「なるほど」

今城先生が和服の膝を打った。

「さすがは権利関係に強い弁護士先生だけのことはある。いや、感服いたしました」

自分が納得すれば、怒りから一転、素直に感心するところが今城先生のいいところだ。

大隅弁護士ははじめから自信があったのか、今城先生の機嫌が回復したことにも涼しい顔で、訴状のひな形を取り出し、具体的な内容を詰めはじめた。

あらかたの打ち合わせが終ると、大隅弁護士はまるで自分の秘書に言うように、わたしに指示した。

「裁判所に訴状を提出したら、同時にマスコミにプレスリリースを流すこと。ＳＮＳでの発信も忘れずに。頼みますよ」

7

こんなことをしていていいのだろうか。

裁判にのめり込む今城先生に、わたしは危ういものを感じずにはいられなかった。先生は今、書き手として出版社から見切りをつけられかけているのだ。裁判なんかにかまけている場合ではないはずだ。乾坤一擲《けんこんいってき》の作をものして、出版社と読者に存在を示さなければならないのに。

ところが、先生は四十五億円という金額に舞い上がってしまい、光翼出版憎しに凝り固まっている。筑紫常務を「金の亡者」とこきおろしながら、これでは自分も同じ道に踏み込んでいるも同然だ。わたしは先生の小説が好きで秘書になったのにと思うと、何か空しいものを感じた。

数日後、大隅弁護士は裁判所に訴状を提出し、写しがＰＤＦで送られてきた。

今城先生に見せると、「すぐに新聞社に送る文章にしてくれ」と命じられた。先生の意図をできるだけ印象深く書いて持っていくと、「もっと光翼出版の強欲さを強調できないか」と言われた。

「あまり露骨に書くと、却って逆効果になりませんか」

「いや、ここはむしろ露骨なくらいのほうがいい。筑紫の野郎がいかに悪辣な金儲け主義者であるかを、世に知らしめるのだ」

ああ、これはだめだ。完全にアウト・オブ・コントロール。わたしは絶望的な気分になったが、それでも先生の指示通り契約書の不都合な条文には触れず、どう見ても出版社が理不尽な対応をしたように思わせる文章を書いて、主だった新聞社とネット配信のメディアに送った。

ネットの反応は早く、その日の内に各サイトに情報が流れ、紙の新聞も翌日の朝刊に記事が出た。コンビニで買いそろえた全国紙はいずれもベタ記事で、それを見た今城先生は激怒した。

「なぜもっと大きく採り上げない。被害額は四十五億円だぞ。大見出しで報じて当然じゃないか」

いつの間にか、先生は自称〝被害者〟になっていた。

記事には光翼出版の言い分、すなわち、『当社は出版契約に則り、公正な対応をしている云々』も書かれていた。

「何が公正な対応だ。事実をねじまげ、自分たちに都合のいい解釈で、当然支払うべきカネを持ち逃げしたんじゃないか。加害者の虚言をそのまま報じるとは、新聞のチェック機能はどうなってるんだ」

老眼鏡が曇るくらいの怒りで記事をにらんでいたが、はたと気づいたように新聞を机に叩きつけた。

「わかったぞ。新聞社は光翼出版の広告を減らされるのが恐いんだ。情けない。新聞は社会の公器ではないのか。カネの出所にへいこらして恥ずかしくないのか」

自分の思い通りにことが運ばないと、不機嫌になるのは前々からだが、最近の今城先生は、不機嫌を通り越してすぐ激怒する。もしかしたら老化現象が進んでいるのか。

ふと、モウロクの四文字が頭に浮かび、わたしは慌ててそれを打ち消した。

8

ＳＮＳの反応は、まずアニメ『希望天使』のファンらしき若者から出はじめた。

――『希望天使』の原作者、今城榮太郎って有名なん？

――【希望を食う天使】はじめて知った。ほかの今城作品も読もう。

若者に知名度が低いのは不満なようだったが、ほかの作品にも興味が広がったことは、今城先生も素直に喜んだ。

続いて出た元々の今城ファンらしき読者の反応も好意的だった。

――今城作品はアニメなんかより数段、優れています。若者は原作を読むべし。

――裁判するのは当然。今城先生頑張れ。

プリントアウトして見せると、今城先生は肘掛け椅子にもたれ、年齢相応に汚れた歯を見せて笑った。

「世間の反応は上々のようだな。大隅先生の戦略通りだ」

実際には、先生が見たら激怒まちがいなしの書き込みも少なくなかったが、わたしが選別して見せないようにしていたのだ。これまでもそういう操作は度々した。先生の機嫌をよくしておくことが執筆のためだからだ。

しかし、今回はさすがに不自然なものを感じたのか、「これで全部か」と、疑わしそうな目を向けてきた。

「見落としているのもあるかと思いますが、わたしが見た範囲では……」

「ネットに出たものはすべて見せてくれ」

指示は無視するわけにはいかないので、せめて順序を工夫してプリントアウトした。しかし、日を追うごとに先生にアンチの書き込みが増えてきた。特にコミックと小説の両方を読んだ読者からの指摘は辛辣だった。

——アニメと小説、ぜんぜん別物じゃん。

——好きなキャラ全員、小説には出てないし。

ここまでは想定内だった。しかし、裁判や今城先生の姿勢そのものにも、痛烈な書き込みが増えだした。

——契約無視で巨額の請求。あまりに強欲。

——「今城榮太郎」と書いて「シュ、セ、ン、ド」と読む。

「これはいったいどういうことだ」

今城先生がついに「シュセンド」投稿でキレた。

「ボクのどこが守銭奴だと言うんだ。侮辱も甚だしい。名誉毀損《きそん》で訴えてやる」

「ネットの書き込みにも名誉毀損は成立しますけど、この程度では当局も動いてくれませんよ。だれかが自殺するとか、うつ病になって仕事ができなくなるとかしないかぎりは」

懸命に宥《なだ》めたが、先生の怒りは収まらず、投稿者のハンドルネームを連呼し、「アホだ、マヌケだ、ノータリンだ」と、昭和的な罵詈《ばり》雑言《ぞうごん》を並べたてたのには、さすがのわたしも哀しいものを感じた。わたしが尊敬してやまない今城先生は、どこへ行ってしまったのか。

そんな思いも知らず、先生は声を震わせて怒りをぶちまけた。

「ボクがこれまで、どれほど社会のために尽くしてきたと思ってるんだ。無知《むち》蒙昧《もうまい》の大衆め。何も知らんくせに、人を批判し、自分だけいい気になっているヤツは地獄に落ちろ。生きる価値などない」

「先生、落ち着いてください。また血圧が上がります」

「血圧？　うーむ」

健康管理に熱心な先生は、毎年、健診を受けていつも問題なしだったのが、この前はじめて高血圧を指摘されたのだ。

健診のことを思い出させたのは、正解だったようだ。先生は屈辱に顔を歪めながらも、深呼吸を繰り返し、なんとか気持ちを鎮めてくれた。健康に配慮したということは、まだしも分別が残っているのか。

ほっとしたのも束の間、よりによってこのタイミングで、もっとも見たくない投稿を見つけてしまった。

——私も今城先生の対応は、守銭奴的だと思う。

投稿したのは押しも押されもせぬ大ベストセラー作家、上村恵悟《うえむらけいご》だった。

9

翌日の夜、わたしは再び田丸さんに会った。彼女は暗い顔でわたしに言った。

「上村恵悟の投稿見たわよ。今城先生の反応、どうだった？」

「それはもう恥ずかしいくらい最悪でした」

上村恵悟は今城先生より一まわり若いが、キャリアは先生より十年以上長く、数々の文学賞の選考委員も務める大御所だ。さすがに血圧を気にして怒鳴りはしなかったが、今城先生は口をきわめて上村を罵倒した。

——あいつは大衆迎合の薄っぺらな小説ばっかり書いて、いっさい社会貢献をしておらんくせに、何が守銭奴的だ。青二才《あおにさい》の戯作者《げさくしゃ》めが。

そのまま伝えると、田丸さんは顔をしかめて頭を抱えた。

「この投稿で、大半の出版社はアンチ今城になるでしょうね。今、上村先生に逆らえるところはゼロだから」

仮に裁判が思い通りになっても、今城先生は出版社からそっぽを向かれ、仕事が来なくなるということか。今城先生はもはや沈みゆく船なのかもしれない。であれば、わたしも早めに脱出したほうがいいのか。

「それにしても、今城先生ってどうしてああなんでしょう。自分の非はぜったいに認めないし、すぐ不機嫌になるし、二言目には社会貢献がどうのって、同じ話を何度もするし。これってやっぱり老化現象なんでしょうか」

つい本音で愚痴ってしまい、そのあとでぞっとした。今城先生は意気盛んに見せているが、実はもう〝終っている〟のかもしれない。もしそうなら、あれこれ苦労してわたしが秘書を続ける意味はどこにあるのか。辞めて別の道を行くほうが……。無意識の誘惑が脳裏をよぎる。

田丸さんはわたしの不安をどう解釈したのか、口元を引き締め、重大な秘密を打ち明けるように話しだした。

「今城先生が社会貢献にこだわるのは、心の空白を埋めるためかもしれないわね」

「心の空白、ですか」

わたしはオウム返しに訊ねた。

「原因はたぶんわたしにあるの。これを言うと、先生に怒られるかもしれないけれど」

田丸さんが語ったのは、今城先生が実はアダルトチルドレンだったということだ。両親が不仲で、大学教授だった父親はＤＶの加害者で愛人宅に入り浸り、母親はアルコール依存症で、いわゆる機能不全家庭で育ったというのだ。

「先生は生きづらさを克服するために、猛烈に勉強して、東大を出て文科省のキャリア官僚になったけれど、同時に半端でないプライドを身につけてしまったの。そのため、純文学作品をある書評家に、『晦渋《かいじゅう》なマスターベーション』と酷評されて、立ち直れないほどのショックを受けたのよ。わたしは先生にエンタメ作家の資質を感じていたから、先生の小説は社会にとって大きな意味があります、広く世間に読まれる作品をお書きになれば、きっと社会貢献になりますって励ましたの。それが先生の心の空白にハマったみたいで、以来、社会貢献が先生のレゾンデートルになってしまったというわけよ」

「今城先生がアダルトチルドレンだったなんて、ぜんぜん知りませんでした」

「そりゃそうでしょう。わたしだって、聞いたのはエンタメ作品がベストセラーになったあとの打ち上げで、夜中の三時まで飲んだときに、ほぼ泥酔状態でおっしゃったのが一回きりだもの」

先生の生い立ちにそんな秘密があっただなんて——。

しかし、最近の先生の老化現象は、アダルトチルドレンとは別問題だろう。今、先生に必要なのは、裁判に勝つことでも、世間と闘うことでもなくて、よい小説を書くことだ。

わたしは先ほどの誘惑を打ち払い、必死の思いで言った。

「田丸さん。わたしはなんとか今城先生に復活してもらいたいんです。先生はまだまだ世の中に必要とされる小説が書けるはずです。どうか今城先生を見捨てないでください。お願いします」

テーブルに額がつくくらい頭を下げると、優しい声が降ってきた。

「わかってる。野尻さんがこんなに一生懸命になってるんだものね」

ありがたかったが、顔を上げると、田丸さんの顔には、末期がん患者を見舞うような哀しみが浮かんでいた。

10

翌日、大隅弁護士から思いがけない連絡が来た。ＳＮＳで今城先生を批判した上村恵悟と対談をして、彼を味方に引き入れられないかというのだ。

作家の権利を守るという線で話せば、上村恵悟にも他人事ではないはずだ。彼が今城先生の味方になれば、形勢は一挙に逆転するというのが、大隅弁護士の目算だった。

今城先生はそれまでの怒りはどこへやらで、さすがは大隅先生だと感心しながら、即、わたしに上村恵悟との対談を設定するよう指示した。

大隅弁護士が出版界の事情に詳しくないのは仕方ないとして、今城先生までがそんな話を真に受けるなんて、やっぱりモウロクしていると思わざるを得ない。直接面識もない上に、書き手として格のちがう上村恵悟が、今城先生との急な対談など、受けてくれるわけがないではないか。

ぜったいに無理と思ったが、わたしはダメ元で上村恵悟の本を何冊も出している世林社の坂下智彦《さかしたともひこ》に連絡を入れた。坂下は去年から今城先生の担当になった若手で、自分が編集した『隅っこの仔』が売れなかったのを、本の中身のせいにして、実売部数を言いふらした男だ。

対談の希望を電話で伝えると、坂下は「えぇー」と人をバカにしたような声をあげたが、取りあえず上村担当の編集者に打診してくれることになった。

NGまちがいなしと思っていたら、意外にもOKの返事が来た。どうやら上村恵悟はSNSで今城先生の件に触れたことを、気にしているらしかった。

「フン。あの若造も少しは反省しとるんだろう」

今城先生は対談の承諾を当然のように受け止め、あり得ない状況判断に慢心している。わたしの不安は募る一方だった。

対談は一週間後、神田神保町の世林社で行われることになった。対談の中身は世林社が出している月刊誌「小説千一夜」に掲載されるらしい。

今城先生とわたしがタクシーで会場に着くと、坂下が出迎え、「すみませーん。上村先生がどうしても都合がつかなくなってしまって」と、揉《も》み手をした。まさかのドタキャンかと思わせておいて、「実はリモートでの対談になってしまいました」と取り繕った。

今城先生は一瞬、ムッとしたが、リモートでも対談できるならばと不機嫌を堪え、坂下について特大モニターが用意された応接室に入った。

写真撮影のあと、いよいよ対談がスタートした。

冒頭、上村恵悟は年長の今城に敬意を払い、SNSの書き込みについて謝罪した。

「軽率な投稿をしてしまい、たいへん失礼いたしました。誠に申し訳ございません」

「いやいや、わかってもらえればそれで結構。ボクは小さなことにはこだわらん質《たち》だから」

和やかな滑り出しだが、相手のペースに乗せられた気がしないでもない。はじめの何分かは社交儀礼的な会話が続き、やがて話題は小説の映像化に進んだ。

「自分の作品を映像化したいという申し出があったら、ボクはどうぞ自由にやってくださいと言うんだ。自分の小説がどんなふうに料理されるのかを、見るのが楽しみでね」

今城先生が余裕の笑みを浮かべて言うと、上村恵悟はモニターの向こうで首を傾げて声を改めた。

「私は自作の映像化では、原作通りにとお願いしますね。妙な改変をされたら、原作の持ち味が損なわれますから」

「改悪はいけないが、表現のちがいで改良されるのならいいでしょう。読者もそのほうが喜ぶだろうし」

「いや、逆に読者を失望させますよ。小説で感動した人が、映像を見て中身がちがっていたらがっかりするでしょう。逆も同じで、映像で感動した人は、小説でもそれを味わいたいのだから、同じにすべきです」

「作り手がよりよい作品にしてくれればいいと思うがね」

今城先生にしては鷹揚《おうよう》な意見だが、本音ではなく、単に上村恵悟への反論で主張しているにすぎない。その証拠に、声に押しつけがましさが滲んでいる。まずい展開だと思っていると、上村恵悟が確信犯のように上目遣いに言った。

「もしかして、今城先生は、ご自分の作品が最高の出来だという自信をお持ちではないのですか」

「何？」

今城先生の顔にどす黒い険が走った。わたしは思わず目を瞑った。怒りの発火点を超えたらもう止められない。

それからの対談は、ほとんど耳を覆いたくなるような売り言葉に買い言葉で、対談というより言い争いだった。今城先生は、上村作品を商業主義の軽薄小説だとこきおろし、「悔しかったら少しは社会貢献につながる小説を書いてみろ」と言い放った。上村恵悟は、興奮した老人はどうしようもないというように首を振り、「小説で社会貢献なんておこがましいですよ。小説は面白ければいいんです。文化は所詮《しょせん》、お遊びなんですから」と、ニヒリスティックに言い捨てた。

今城先生の血圧がぐんぐん上昇しているのは明らかだった。わたしは脳卒中の発作を起こすんじゃないかと気が気ではなかったが、事情を知らない上村恵悟はさらに挑発した。

「私の小説を商業主義だとおっしゃるけれど、今城先生こそ光翼出版を相手に破格の著作権使用料を要求して、よっぽどカネに執着があるじゃないですか。四十五億もの大金、どうするんです。墓場まで持っていくつもりですか」

「失礼なことを言うな。使い道はちゃんと考えておるわ」

えっと、思わず先生を見た。聞いてない。いったい何に使うというのか。

「政党でも作って、選挙に打って出るおつもりですか」

「バカ者。だれがそんなことをするか。あんたみたいな現実肯定主義者には、想像もつかんことだ」

「何に使うんです。はっきり言えばいいでしょう」

「フン。こんな重大なことを、雑誌の対談みたいな場で口にできるか」

そう言うと、今城先生は狼狽している坂下に向かい、「対談は中止だ。雑誌掲載もなし」と宣言して席を立った。

「あ、今城先生」

悲愴な声で呼び止める坂下を置き去りにして、わたしは今城先生に従って会場を出た。

11

帰りのタクシーの中でも、今城先生は怒りが収まらず、恐い顔で前を見据えていた。わたしはこれ以上先生の血圧が上がらないように、刺激を避け、気まずい沈黙を守っていた。

「上村恵悟があんな失礼なヤツだとは思わんかったよ」

タクシーが首都高4号線の三宅坂ジャンクションをすぎたあたりで、ようやく先生が口を開いた。

「まったくです。ほんと失礼でしたね」

「ちょっと売れとるからって、驕《おご》り高ぶりよって」

「ひどいです。今に売れなくなりますよ」

わたしの懸命のお追従《ついしょう》で、先生も少しずつ落ち着いたようだった。

怒りを再燃させないために、わたしは話題を変えた。

「著作権使用料の使い道をもう決めていらっしゃるなんて、思いもしませんでした。きっとすごい社会貢献に使われるんでしょうね」

今城先生の口元が緩むのが見えた。

「何に使うか聞きたいか」

「はい、ぜひ」

身体ごと横に向けて相対すると、先生はいいプロットが浮かんだときと同じ顔で言った。

「文学賞を創設するんだ。今城社会貢献文学賞」

はあ？　と思わず声に出しかけて、その言葉を呑み込んだ。

「いいアイデアだろう。文学作品で社会貢献をした作家に贈る賞だ」

「でも、請求額は四十五億円でしょう。文学賞にはそんなにお金はかからないんじゃないですか」

「それがそうでもないんだ。賞金は百万円、選考委員や下読みのスタッフへの謝礼、選考会や授賞式の会場費、もろもろ入れて経費が百万円として、計二百万円。年に一度の授賞で四十五億、いや、弁護士料が一割強としてまあ四十億だ。それだけあれば何年続けられる？」

頭の中でざっと計算をする。

「二千年、ですか」

「素晴らしいと思わんかね。社会に貢献する文学作品が、ボクの名前とともに二千年間、讃えられるんだ。キリスト並みの栄誉じゃないか」

え、え、え、と、わたしの頭にクエスチョンマークが乱舞した。この人、何を言ってるの？　いい小説を書いて、世の中に貢献することがすべてじゃなかったのか。だから尊敬していたのに、結局、自分の名前を残すことが目的だったのか。

タクシーはいつの間にか高速を下り、一般道を走っていた。甲州街道《こうしゅうかいどう》を進み、桜上水駅北の交差点で赤信号になった。先頭で停車すると、何となく不穏な空気を感じた。まさか……。

高速道路の下で甲高い摩擦音《まさつおん》が響き、次の瞬間、経験したことのない衝撃に襲われた。タクシーが横に弾き飛ばされ、今城先生は頭から窓ガラスに激突し、交通事故実験のダミーのようにバウンドした。

わたしは今城先生に寄りかかるようにぶつかったあと、反対側のドアに身体を打ちつけ、思わず呻いた。斜め前方にフロントが大きく破損した乗用車が停まっている。エアバッグごしに高齢の男性が放心しているのが見えた。ブレーキとアクセルを踏みまちがえたのだろうか。

「先生、大丈夫ですか」

抱き起こすと、先生の顔の左半分が真っ赤に染まっていた。鮮血が半白髪の間からだらだらと流れてくる。

「今城先生、しっかりしてください」

「頭をやられた。ボクは、もうダメだ……。こんなところで、最期《さいご》を迎えようとは……」

「先生！」

わたしは運転手に「救急車を、救急車を早く」と叫んだ。

車の外が騒然となり、クラクションが鳴り、人が走りまわるのがスローモーションのように見えた。

「……の、野尻くん」

先生が息も絶え絶えになってわたしを呼んだ。

「何です、先生」

「さ、最後の言葉だ。よく聞いてくれ……。いいか。言うぞ。き、聞き洩らすなよ」

「はいっ」

わたしは全神経を耳に集中して、先生を見つめた。先生の薄い唇がうごめいた。

「今城死すとも……、社会貢献は死せず、だ」

「はあっ？」

このときはさすがに呆れた声が出てしまった。

12

危ないところだった。

もう少しタイミングがズレていたら、先生もわたしも即死していたかもしれない。だが、逆にタイミングがズレていたら、事故に遭わずにすんだのだ。不幸中の幸い中の不幸というところか。

すぐに救急車が来て、わたしたちは最寄りの病院に運ばれた。わたしは肩を打撲した程度で、頭などは打ってはおらず、自分で歩くことができた。

今城先生は搬送中も担架の上で呻いていたが、救急隊員の対応は、存外、緊迫していなかった。すぐに救急外来で傷の手当を受け、詳しい状況を調べるため、検査室に運ばれていった。

連絡を受けた今城夫人が駆けつけると、検査を終えた医師が結果を説明してくれた。

「頭部のCTスキャンと全身のX線検査をしましたが、脳に損傷はなく、身体の骨折等もありません。頭の傷は五針縫っています。頭部の外傷は派手に出血するので、驚く人も多いですが、脳に異常がなければ、心配いりませんから」

それを聞いて、夫人もわたしもほっとして、先生の無事を喜んだ。

今城先生は事故のショックで興奮しているため、鎮静剤を投与されて、処置室で休んでいるとのことだった。

ロビーのベンチに夫人と並んで座ると、わたしの気持ちも徐々に落ち着いてきた。上村恵悟との対談が決裂したこと、四十五億円の使い道、「キリスト並みの栄誉じゃないか」

と言った先生のご満悦顔……。

わたしは茫然《ぼうぜん》としながら、夫人に今城先生の〝最後の言葉〟を伝えた。

「まあ、あの人、そんなことを言ったの」

「先生にとっては、何より社会貢献が大切みたいです」

「ほとんどビョーキね。わたしの関節リウマチは膠原病《こうげんびょう》で、なかなか治らないけれど、あの人も同じね。〝貢献病《こうけんびょう》〟だわ」

たしかにそうだ。先生はモウロクして、不治《ふち》の病に冒されている。情けない。

夫人はとっくに見切りをつけていたのか、苦笑いで浅いため息を洩らした。わたしはこれからどうすればいいのか。社会貢献に目がくらんで、ダメになってしまった先生。まわりが見えない自己チュー老人の先生――。

だが、そのときふと閃いた。それなら逆に、わたしが秘書を続ける意味はあるじゃないか。ダメになった先生を、これまで以上にしっかり支えて、思う存分、先生の小説に貢献できる。先生がモウロクしていれば、よけいに扱いやすいというものだ。

これまでだって、わたしが陰に陽にアドバイスをして、作品を密かに誘導してきたのだ。それがわたしの心の空白を埋めてきた。まずは下らない裁判をあきらめさせて、温めておいたアイデアで先生の創作意欲を刺激しよう。

思わず笑みが洩れた。よし、今度こそ、思い切りわたしが感動できる作品を書かせて、世間をあっと言わせてやる。
まだまだ今城榮太郎を、終らせはしない。

リアル若返りの泉

1

泉宗一《いずみそういち》は歯ブラシをくわえたまま、鏡を凝視《ぎょうし》した。

まさか、そんなはずは——。

いや、わずかだが、たしかに増えている。

ここ何年も、自分の顔などじっくり見たことはない。むしろ目を背けてきた。老化の明らかな顔。たるんだ頬、深いほうれい線、それに地肌《じはだ》が丸見えの薄毛《うすげ》。

その薄毛が、いつもより濃くなっている。

——泉先生。髪の毛、増えました?

昨日、退職教員の会で、元同僚に言われた。

泉は東京都小平《こだいら》市の元小学校教諭《きょうゆ》で、再任用制度で六十五歳まで働いたあと、三年前に退職した。今は第二の人生を模索しつつ、悠々自適の日々を送っている。今年、六十五歳で退職した妻の広子《ひろこ》も元教諭で、ダブルインカムだったので、取りあえずは年金で生活には困らない。

髪の毛が増えたのではと言われたとき、泉は一瞬喜んだが、すぐに自分で否定した。

――そんなわけないでしょ。若返りの薬でもないかぎり。

だが、今、改めて見直すと、ほんの少し地肌の透《す》け方がマイルドになっている。もしかして、俺は若返っているのか。

「あなた、いつまで歯磨きしてるの。朝ご飯できたわよ」

ダイニングキッチンから、妻の苛立った声が聞こえた。

泉は手早く口をすすいで洗面所を出る。

食卓で向き合っても、会話はほとんどない。結婚四十年の夫婦なら、ふつうなのかもしれないが、そもそも妻は泉に関心がない。彼も妻にさして関心があるわけではないが、まったくの無関心は淋しい。泉が何をしようと、どこへ行こうと、広子はまるで干渉しない。ありがたいときもあるが、どこか物足りない。子どもがいないから、夫婦二人きりだが、二人でいるのに孤独というのはどういうことか。

「今朝の目玉焼き、黄身が半熟でちょうどいいな」

「そ?」

試しにほめてみるが、広子は最低限の返事をするだけで顔も上げない。無造作にスマホを取り、LINEのレスを打ちはじめる。以前、食事中はスマホを触るなよと注意したら、十倍ほど言い返された。ＬＩＮＥくらいいいじゃない、だれからか気になるのよ、あとで返事しようと思って忘れることもあるし、急ぐ用事もあるし、すぐ返さないといろいろ言われるし、グループＬＩＮＥは返事を待っている人もいるんだし、あなただって食事中に新聞を読むでしょ。

泉はじっと妻を見つめる。俺の頭部の変化に気づいているだろうか。

声をかけようとした矢先に言われた。

「黄身が垂れてる。乾いたら落ちにくいんだから拭《ふ》いて」

ティッシュを渡され、タイミングを失う。

「トーストの粉もこぼさないで。コーヒーが冷めるわよ。もう早く食べちゃって」

会話はないのに口うるさい。むかしはそんな女じゃなかったのに。

広子と知り合ったのは初任校で、泉が四年目で六学年の担任、広子が新任で三学年の担任だった。低学年は学級崩壊を起こしやすいと、緊張している広子に、泉が肩の力の抜けたアドバイスをしたのがきっかけで付き合いはじめた。二年後に結婚。子どもができなかったのは、互いに人工授精のようなことはせずにおこうと決めたからだ。

付き合っていたころの広子は、まじめで明るく、子鹿のような初々しさがあった。それが今では――。

いや、比べるのはよそう。それを言いだすと、向こうだって、髪がフサフサしていたころの俺を引き合いに出すにちがいない。

泉は教頭にも校長にもならず、現場一筋で教諭人生を終えた。子どもたちと触れ合うのが好きというのが表向きの理由だが、本音は管理職選考試験の準備をするのが面倒だったからだ。少々そそっかしいところもあるが、子どもが好きというのはほんとうで、特に落ちこぼれや不良の児童に温かい手を差し伸べた。

広子は順調にキャリアを積み、管理職選考試験の準備をしていたが、四十二歳のときに乳がんになって手術を受けた。リンパ節に転移があり、半年間、強めの抗がん剤治療を受けた。その間、泉は食事の用意から後片付け、買い物、掃除、洗濯など、それまで分担していた家事をほとんどひとりでこなした。抗がん剤の副作用がきついときには、広子の身体をさすり、着替えを手伝い、ウィッグの手入れなどもした。

そのときは広子も涙を浮かべて感謝したが、五年、十年とすぎ、再発の心配がなくなると、もともと前向きな彼女は過去を振り返らなくなった。定年退職したあとは、スクールサポーターなど、地域ボランティアに励んでいる。

食事を終えて席を立つ前に、今一度、広子に聞いた。

「何か気づかないか。俺の頭」

「別に」

即答だ。ここでくじけてはいけない。

「髪の毛がちょっと増えたように思うんだけど」

広子はすっと目線を上げてから、鼻で嗤った。

「そんなわけないでしょ。若返りの薬でもないかぎり」

同じセリフでも、人に言われるとムカつく。ここで話を長引かせれば、ますます不快になるのは経験ずみだ。だったら無言で引き上げるに如《し》くはない。

2

自室に籠《こ》もって妻のことは忘れる。机の引き出しから鼻毛カット用の手鏡を取り出して、頭部を観察した。鏡が小さすぎて、変化がわかりにくい。

スマホのカメラを起動して、自撮《じど》りで頭部を撮影した。正面から前髪だけ写すと、わずかにボリュームアップしているように見える。やっぱり増えているのだ。

泉は三十代前半ですでに頭頂部《とうちょうぶ》が透けていた。それを児童に指摘されたときは、笑いながらも顔が引きつった。さまざまな増毛剤や頭皮マッサージ、発毛シャンプーなどを試したが、どれも効果はなかった。

パソコンを立ち上げ、Facebook（FB）のページを開く。趣味らしい趣味のない泉には、FBへの投稿が貴重な暇つぶしになっている。地元で見つけた小さな春、行列ができる店のラーメン、お気に入りの酒の肴《さかな》等々。

「いいね！」も「コメント」も多くはないが、別にかまわない。人から注目されたい気持ちもあるが、所詮、自分には縁のないこと。舞い上がって恥をかくより、地道に生きるほうがいいと自分に言い聞かせている。

ＦＢには自撮りの写真も多数アップしているから、過去の写真と比べようとしたが、似たようなアングルのものが見当たらなかった。

一週間待ち、翌週の同じ時間に、同じ向きで自撮りしてみた。前髪のボリュームは、前回に比べ明らかに増えていた。

3

「おい、これを見ろ。やっぱり増えてるだろ」

広子にスマホの写真を見せて、左右にスクロールする。

「光の加減じゃないの。大してちがわないわよ」

頑として認めようとしない。かまうものか。泉はそれ以上、説得することはせず、自室でＦＢに二枚の写真をアップした。

『ちょっと増えた気がするのですが、どうでしょう』

勘ちがいだと恥をかくので、投稿には軽い冗談のテイストを残した。すぐに「友達」からコメントが寄せられた。『たしかに増えてる』『若毛の至り？（笑）』など、肯定的な反応が多かった。「いいね！」の数も二十を超えた。泉にしては多いほうだ。

さらに一週間後、同じ条件で額から上をアップで撮った。三枚の写真を比べると、たしかに増量している。量が増えているだけではなく、孤立していた前髪が、側頭部とつながりつつある。

FBにアップすると、『ビックリ』『何が起こった⁉』『マジで増えてる』と、見知らぬ人からのコメントも届いた。「いいね！」の数は一挙に三百五十に増えた。

髪の毛が増えたせいで、気分的にも若返り、腕立て伏せをやってみた。十回がせいぜいだったのが、頑張ると二十回までできた。息が上がり、そのまま床に突っ伏したが、気分は爽快だった。起き上がってボディビルダーのようなポーズを取ってみる。身長一七二センチ、体重七〇キロの泉は、多少、贅肉《ぜいにく》はついているが肥満体ではない。高校、大学と水泳部だったので、もともと筋肉質ではあった。

（もしかしたら、身体全体が若返りつつあるのかも）

手鏡を取り出して、顔を詳細に観察する。心なしか肌つやがよくなり、ほうれい線も薄らいだ気がする。それどころか、眉毛が濃くなっている。顔が老けて見える大きな原因が、眉毛の薄さだ。それが今、太い毛が増えて、メイクでもしたかのように若く見える。もう弱々しい老人の顔ではない。

その夜、風呂で湯船につかりながら、泉は思わず声を上げそうになった。

（陰毛の白髪がなくなっている！）

これまで、いやが応でも老化を感じさせずにおかなかった白い毛がなくなり、若いころの眺めにもどっている。

（まさか、機能も復活するのか）

自問してみたが、自答は避けた。バカげた妄想《もうそう》が湧くと、自分でも恥ずかしいからだ。

4

常識では考えられないことが起きている。

原因に思い当たることはないが、好ましい変化なら受け入れるべきだ。

泉は動画サイトのYouTubeで見つけた「シニア筋トレ」を参考に、座ったままできる腹筋と背筋、太腿とふくらはぎの筋トレをはじめた。大胸筋と上腕筋は腕立て伏せで鍛えられる。回数はすぐに三十回まで増えた。若いころは五十回できたのだから、回復して当然だ。

筋トレをはじめると、体重が減りはじめた。食事を減らしたわけでもないのに、毎朝、体重計に乗るのが楽しみになった。

泉は洗面所で鏡に映った上半身をFB用に自撮りした。思い切り腹をへこませ、胸を張って肩を怒らせると、信じられないほど逞《たくま》しく見えた。顔も目力を強め、口元を引き締めると、見ちがえるほど若々しい。これならと思い、いちばん映える角度で自撮りして、FBの写真ファイルから、もっともしょぼくれた写真を切り取って並べた。

『二年前の私と最近の私』

投稿はこれだけにした。反響は凄まじかった。コメントが百九十七件、シェアが四十八件、リアクションした人は一千百二十人。いわゆるバズったというヤツだ。コメントは驚きと羨望にあふれ、若返りの原因を知りたがる内容も多かった。

反応に気をよくして、体重の変化もグラフにして投稿した。七〇キロから順調に減り、一ヵ月半後に二十代のときと同じ六四キロまで減量した。この投稿も恐ろしいほどバズった。コメントが五百二件、シェアが百六十件、リアクションした人は二万人を数えた。ズボンがゆるゆるになり、ベルトの穴も二つ縮まった。試しにタンスの奥から若いころのジーパンを取り出してはくと、すんなりチャックが上がった。

(奇跡だ)

ジーパン姿の写真をFBにアップすると、またもや激しくバズり、リアクションした人はついに十万人を超えた。

髪の毛も順調に増え、行きつけの理髪店の店主は、「信じられません」と驚きを隠さなかった。

　ここに至っては、広子も髪の増量を認めざるを得ない。だが、喜ぶどころか、「気味が悪い」と不審な目を泉に向けた。

「だって、おかしいじゃない。何もしてないのにこの年で薄毛が治るなんて」

「何もしてないことはないさ。筋トレだってやってるだろ。俺は心身ともに若返っているんだ」

「筋トレで髪の毛は増えないでしょ」

「何か未知の力が作用しているんだよ」

「それが気味が悪いって言ってるのよ」

「バカ。医学でも説明のつかないことは起こるんだ。理由がわからなくても、病気が治れば結果オーライだろ」

「病気と薄毛はちがうでしょう。薄毛は老化現象なんだから」

「だから、未知の力が作用していると言ってるんだ。俺は今、不思議な力で若返っているんだよ」

　力説しても広子は不審の表情を解かなかった。

5

半月後、キャピタルテレビの「情報イン」という番組から出演依頼が舞い込んだ。ちまたで話題の情報を紹介する番組で、ホストはITベンチャーの草分け的存在である堀越健太郎《ほりこしけんたろう》。FBでバズっている泉の若返りについて話を聞きたいという。

泉は二つ返事で了承し、新宿のキャピタルテレビのスタジオに向かった。テレビ出演などはじめてだったが、当たって砕けろというつもりで収録に臨んだ。

茶髪《ちゃぱつ》にTシャツ姿の堀越は、耳にピアスなどつけたチャラい恰好ながら、東大卒だけあって一定の知性を感じさせた。

オープニング・トークのあと、堀越が親しげに泉に話しかける。

「泉さんはもともとは小学校の先生だったそうですね。それが今、奇跡の若返りでSNS上、まさに時の人ですね」

「私も信じられません」

「若返りの証拠写真を、みなさんに見ていただいていいですか」

FBからスクショした写真を堀越がモニターに映す。

「髪の毛が明らかに増えていますね。顔も若返り、目つきも活力にあふれています。この逞しい肉体。とても六十八歳には見えません」

「ありがとうございます。身体だけでなく、精神的にも若返っているんですよ」

「素晴らしい。若返りは万人の望みですからね。ボクだって年は取りたくない。もし若返りの方法が手に入るなら、何億円でも払いますよ」

「私にですか」

「いや、それは。アハハハ」

我ながらうまい冗談が出て、泉は一気にリラックスした。

「泉さんがご自分の若返りに気づいたのはいつですか」

「二カ月ほど前です。久しぶりに会った元同僚に、髪の毛が増えたんじゃないかと言われまして」

「何かはじめたりしたんですか。増毛剤を使い出したとか」

「増毛剤は若いころからいろいろ試しましたが、どれもまったく効きませんでした」

「ネット上では、その泉から湧き出る水を飲むと若返るという伝説の『若返りの泉』を、泉さんが発見したのではなんて言われていますが、ボクはそういう都市伝説には興味がないんです。オカルトもスピリチュアルも論外。もっと科学的な裏付けのある方法を知りたいんです。心あたりはありませんか」

「特にこれといったことがなくて」

「特別な薬を使ったとか、食事内容を変えたとかは」

「ありません」

「ふつう、若さを保つために勧められるのは、抗酸化作用のあるポリフェノール、心臓や血管によいとされるオメガ3脂肪酸《スリーしぼうさん》、皮膚の若さを保つビタミンCやコエンザイムQ10《テン》、最近注目されているNMN、ニコチンアミドモノヌクレオチドですね。それにジョギングやウォーキングなどの有酸素運動、あるいは瞑想《めいそう》やヨガなどですが、泉さんはどれも試していない？」

「試していません」

「つまり原因不明の若返りということなんですね。原因は不明でも、原因がないわけではないでしょう。下世話な質問で恐縮ですが、高齢男性が若返ると言えば、若い恋人ができたというのが定番ですが、そういうことではないんですか。プライバシーに関わることですから、ノー・コメントでも結構ですが」

「プライバシーはどうでもいいですが、若い恋人ができたというようなこともありません。望むところではありますが」

「ハハハ。顔が赤くなりましたね。それも若返りの証拠だな。うらやましい」

「そう言えば、よく散歩に行く公園で、高鉄棒《たか》にぶら下がって身体を伸ばしています」

「ぶら下がり健康法ですか。ぶら下がると抗重力筋の負荷が取れて、姿勢の改善や血行促進にも効果があると言われていますね」

頭脳明晰《めいせき》な堀越が解説する。

「ほかには何かありますか」

泉は腕組みをしながら考え、ふと思い出して言った。

「そう言えば、元気が出ないときには、『新リポジーD』というドリンク剤をよく飲みます」

「『新リポジーD』？　聞いたことないですね。薬局で市販されているんですか」

「いえ、メーカーから箱で取り寄せています。私は四十代から愛用していますから」

「二十年以上も飲んでいらっしゃる。ロングセラーですね。もしかしたら、それが若返りの作用をもたらしたのかもしれませんね」

正解かどうか泉には知る由もなかった。ほかにもいろいろ聞かれたが、結局、若返りの原因には答えが出ずに終わった。

6

「情報イン」の反響は、思わぬところに現れた。

最後に触れた「新リポジーD」が、ネットで爆発的な売れ行きを記録したのだ。ネットの販売サイトで軒並《のきな》み品切れとなり、販売している白鴎《はくおう》薬品では在庫もなくなって、急遽《きゅうきょ》、他商品の製造ラインを「新リポジーD」に切り替えて対応することになった。

さらに、泉がよく散歩をする公園に行くと、三列ある高鉄棒に高齢者が群がり、まるでイカの一夜干しのようにぶら下がっていた。砂場で順番待ちをしている人も十人や二十人ではきかない。

あきれて眺めていると、中のひとりが「あ、泉さんだ」と指さし、その場にいた高齢男女がいっせいに駆け寄ってきた。

「泉さん。鉄棒のぶら下がりは、何分くらいすればいいんですか」

「ぶら下がりは順手《じゅんて》ですか、逆手《さかて》ですか」

「懸垂《けんすい》をしたらもっと効果が上がりませんか」

口々に問い詰め、答える暇も与えない。

「待ってください。ぶら下がりが若返りの秘訣《ひけつ》だと決まったわけじゃありませんから」

詰め寄る男女を両手で押しとどめ、泉は逃げるようにして自宅にもどった。

「ただいま」

リビングに行くと、広子がソファで脚を組み、不機嫌そうに言った。

「電話があったわよ。『週刊如実《にょじつ》』の記者さんから。取材したいって」

電話台のメモを顎で示す。

メモを持って自室に入り、スマホからかけると記者が出て、ぜひ取材させてほしいと言われた。すぐにも小平市に来そうな勢いなので、翌日の午後に会うことにした。

「週刊如実」の記者はカメラマン同行でやって来た。泉の若返りについてあれこれ聞き、広子にも名刺を渡して愛想を振りまいたが、広子は不機嫌な顔を崩さなかった。

翌週、「週刊如実」に大きな記事が出て、泉の写真もアップで掲載された。

次に健康雑誌の「若さとヘルシー」が、七十二時間の密着取材を申し入れてきた。泉は三日間、早朝から深夜まで記者とカメラマンに密着されることになった。

その記事で、泉が毎朝午前五時ごろ起きていると報じられると、早起きが若返りの秘訣かと騒がれ、足裏ツボ刺激のサンダルの写真が掲載されると、同種のサンダルが飛ぶように売れた。スーパー銭湯で寝湯《ねゆ》に寝転んでリラックスするのが好きと言うと、あちこちのスーパー銭湯で寝湯に行列ができ、待っている間に風邪をひく人が続出した。納豆をよく食べると言えば、スーパーの売り場から納豆が消え、逆に炭酸飲料はあまり飲まないともらすと、炭酸飲料売り場から人が消えた。

「情報イン」の影響で、「新リポジーD」が爆発的に売れたあと、白鴎薬品の社長と宣伝部長が訪ねてきて、丁重なお礼とともに、「新リポジーD」を一年分、無料で進呈してくれることになった。ついでに「ハイパーリポジーZ」もダンボール箱にいっぱい持って来て、「もしよければこちらもよろしく」と揉み手をして帰っていった。

次に現れたのは増毛剤のメーカーで、ぜひともイメージキャラクターになってほしいと頼まれた。「情報イン」で、どれもまったく効かなかったと言ったのにと首を傾げたが、先方の言い分はこうだった。

「弊社《へいしゃ》の増毛剤『リゲット』には、遅発《ちはつ》性の効果もございます。使用を中止したあとで、髪の毛が増えたということも考えられますので」

「リゲット」もたしかに使ったが、ほかの増毛剤も使ったと言うと、こう返してきた。

「大丈夫でございます。弊社の商品をお使いいただいたという事実と、現に毛が増えたという事実が重要なのでございます。広告では、使ったから増えたとは書きません。ただ、二つの事実を並べるだけです」

イメージキャラクターの契約金は三百万円。泉は驚いたが、相手は名の通ったメーカーだし、こちらが出資するわけでもないので、その場で契約した。

続いて高齢者用の運動用具や生活用品のメーカーなどが、次々とイメージキャラクターとしての契約を求めてきた。座ったままウォーキングができるステッパー、折りたたみ式のフィットネスバイク、電動フットレスト、姿勢矯正《きようせい》ベルト、羽毛《うもう》布団、安眠枕等々だ。

サプリメントの会社も押し寄せ、試供品を山のように置いていく。「のんでない」と言うと、「ぜひお試しを」と言い、「継続していただかなくてもいいんです。一回でもご使用いただけば、のんだという事実は変わりませんから」と、含みのある笑顔を向けた。

それらの企業とＣＭの契約を結ぶと、泉の銀行口座にはあっという間に二千八百万円強が振り込まれた。

7

その後もテレビ出演、ＣＭや雑誌のインタビューが続き、さらには地元の大学祭のゲストにも呼ばれ、泉は一躍、有名人になった。

家から一歩出ると、行き交う人々の視線を感じ、思わず顔を伏せる。外出するときには帽子をかぶり、コロナ禍のときに買った大型のマスクをつけ、色の濃いサングラスをかけた。

そんな泉を見て、広子は冷ややかに言った。

「自意識過剰じゃないの。顔を隠さなくてもだれもあなたのことなんか見ないわよ」

「バカ。俺は今、〝リアル若返りの泉〟と言われる有名人なんだぞ。どこでだれが見ているかわからないんだ」

「まるで芸能人ね。そう言えば、とっくに忘れられた俳優が、だれも見てないのにサングラスにコートの襟を立てて、必死に人目を避けてたのが哀れだって週刊誌に出てたけど、それと同じよ」

「いっしょにするな。俺は今、時の人なんだよ。この前だって公園で鉄棒にぶら下がっていた連中に取り囲まれて、たいへんだったんだからな」

広子は露骨なため息をついて、声の調子を変えた。

「あなたのためを思って言うけど、あんまり舞い上がらないほうがいいわよ。注目されて嬉しいのはわかるけど、調子に乗っていると足をすくわれるわよ」

「うるさい。俺には超自然の力が働いているんだ。俺は選ばれた人間なんだ。この引き締まった身体を見ろ」

鼻息も荒くシャツをまくり上げたが、広子は腕組みのまま首を振る。

「引き締まったんじゃなくて、肉が落ちたんじゃないの」

「何だと」

こめかみがピクピク震える。泉ははたと気づいたように言った。

「わかったぞ。おまえ、俺の若返りに嫉妬しているんだろ。それであれこれケチをつけるんだな」

「どうしてわたしが嫉妬するのよ」

「俺が注目されるのが気に入らないんだ。そうに決まってる。外でちやほやされるのが悔しくて、家に引きこもっていてほしいんだろ。そうはいくか」

「冗談言わないで。だれがあなたに引きこもっていてほしいなんて思うのよ。あなたにはわたしが必要でしょうけど、わたしにはあなたなんか必要ないんだから」

「何ィ」

徐々に高まっていた怒りのボルテージが、一気に振り切れた。

「離婚だ！　俺が必要ないなら出て行け」

広子は一瞬、青ざめたが、動揺したのはごく短い間だけのようだ。

「わかりました。そのつもりで準備しますから、一日だけ待ってもらえますか。あとは弁護士さんに頼みます」

そのまま広子は自分の部屋に入り、大きな音を立てて扉を閉めた。

8

翌日、広子はスーツケース二つに身のまわりのものを詰め、残りのダンボール箱は業者に引き取りに来させると言って出て行った。まったく腹の立つ女だ。売り言葉に買い言葉だったが、考えれば若返った自分には、老妻《ろうさい》など不要、いや、むしろいないほうが好都合なのかもしれない。

そう思っていると、一週間後、弁護士から広子が判を押した離婚届が送られてきた。本気なのか、くそっ。こうなりゃ意地だ。泉も迷わず押印して市役所に提出した。

そのとき、一瞬、背筋に冷たいものが走るのを感じた。地味すぎた人生が終わり、気にすることはない。これから第二の人生がはじまるのだ。

新たな扉が開かれるのだ。

取りあえずパソコンの検索サイトで、自らを奮い立たせるような催しをさがした。スポーツ観戦、地域の祭り、社交ダンスにフォークダンス、陶芸、俳句、盆栽《ぼんさい》教室――。どれもぱっとしない。検索を続けるうちに、コンサート情報が目についた。若返ったのなら若者文化、若者文化と言えばロックだ。今風のライブハウスがいいのではないか。

新宿の「スタン」というライブハウスに、ロックミュージシャンのルルーが出演するのを見つけた。ルルーは日本人ながら金髪、派手な化粧にブルーのカラーコンタクトで、ギタリストとしてはかなりの腕前らしい。

当日、どんな恰好で行けばいいのか。下はジーパンにするとして、上に着る服がない。タンスの奥からナフタリン臭いジージャンを引っ張り出したが、滑稽なほど似合わない。クローゼットを漁ると、濃紺の薄手のコートがあった。襟を立ててVゾーンを閉めると、軍服のハーフコートのようになる。同系色のソフトを目深にかぶり、サングラスをかけてマスクも黒にすると、年齢不詳の怪人っぽい感じになった。よし、これで行こう。

開演の二十分前に着くと、会場はすでにほぼ満員だった。座席はなくオールスタンディングだ。二時間立ちっぱなしで大丈夫だろうか。泉は襟に顎を沈め、肩をすくめるようにして最後列の端に立った。

暗闇のステージにスポットライトが当たり、紫のラメにビラビラのついた衣装でルルーが登場した。奇声《きせい》を発してギターを掻き鳴らす。会場は一気に盛り上がり、泉も興奮した。疲れなどまったく感じず、あっという間に前半が終了する。

十分間の休憩があり、明かりのついた会場で泉はあたりを見まわした。若者と同化したような気になり、だれかに気づかれたいという誘惑に駆られた。恐る恐るサングラスをはずしてみる。人と目が合えば、すぐにかけ直すつもりだったが、だれも気づかない。マスクもはずしたが、それでもこちらを見る者はいない。若者は若返りなどには興味はないのか。そう思っているうちに後半の開始が告げられた。

エレキギターに豪快なドラムが絡み、キーボードとベースが派手な演奏を繰り広げて、ふたたび会場は興奮のるつぼと化す。泉も今し方の失望を忘れ、ルルーのボーカルと華麗なギターリフにシビれた。

(なんてイカすライブなんだ)

泉は自分の若いころの表現で感動を味わった。

後半も最後まで聴き終えたが、このまま去りがたく、サングラスとマスクをはずしてグッズコーナーに行くと、そばにいた金髪の青年が頓狂《とんきょう》な声を出した。

「あらッ、リアル若返りの泉じゃね？」

「何、それ」

横のケバい化粧の女が聞く。

「急に若返ったオッサンだよ、ＦＢでバズってただろ。ＣＭにも出てる」

オッサンと言われてムッとしたが、気づいてもらえたのは嬉しい。少し照れながら聞いてみた。

「俺のこと知ってるの？」

「もちろんっすよ。リアル泉さんに会えるなんて、すっごい偶然」

仲間らしい若者が集まってくる。

「ほんとだ。『リゲット』のＣＭに出てる泉さんだ」

「アタシも若返りたーい。どうやったら若返ります？」

「君は十分若いよ」

「キャー。泉さんにほめられた」

またたく間に打ち解けて、泉のまわりに数人のグループができあがる。

「俺たちこれから飲みに行くんすけど、泉さんも来ません？　いい店があるんすよ」

金髪男が人なつこい調子で言う。首筋にバイオハザードマークのようなタトゥーがあるが、今どきの若者ならこれもファッションなのだろう。初対面の高齢者を飲みに誘う自由さに驚きながら、泉は調子を合わせた。

「いいね。行こう」

「ッしゃー、決まり」

若者たちは男三人女二人で、二十歳はすぎているようだから酒を飲みに行っても問題ないだろう。

地下のライブハウスから地上に出て、雑居ビルの二階にあるバーに案内された。行きつけの店らしく、若者たちはズカズカと奥のソファ席に進む。

「いやあ、ルルーも最高だったけど、超有名人のリアル泉さんとごいっしょできるなんて、超レアな体験じゃん」

「何、飲まれます？」

「腹は減ってません？」

先に泉の飲み物を注文し、全員の飲み物がそろうと「カンパーイ」と声を合わせた。

彼らは意外に礼儀正しいようで、年長者への敬意も感じられる。泉は気が大きくなり、二杯目のハイボールを注文したあと、グラスを掲げて言った。

「今夜は俺の奢《おご》りだ。みんな好きなもの注文していいぞ」

「やったー」

場が盛り上がり、若者たちが次々グラスを飲み干す。そこへ電話で呼ばれたらしい女性がやってきた。

「こんばんはー。エリ香《か》です」

大人びた雰囲気の女性が泉の横に割り込むように座る。

「アタシ、泉さんのファンなんです。お目にかかれて光栄です」

独特の甘い香りが泉の嗅覚を刺激した。

若者たちの注文に応じ、スマホを取り出してFBにアップした過去の自分と現在の自分を比べさせると、「すごい」「奇跡だ」「素晴らしい」と、驚愕と賞賛の声が泉を包んだ。

尿意を感じて、トイレに立ってもどってくるとき、同じくトイレに行くらしいエリ香と鉢合わせした。慎ましやかな表情で微笑む。泉は思わず口走った。

「連絡先、教えてくれる？」

エリ香はえっという顔で身体を引いた。

「あ、いや、そんなつもりじゃなくて」

慌てて弁解したが、エリ香はそのまま女性用のトイレに消えた。

いきなり連絡先を聞いたりして、セクハラにならないか。このままエリ香が帰ったらどうしよう。心配したが、彼女は何ごともなかったかのようにもどってきた。

さっきはすまないと謝ろうとしたら、エリ香のほうが先に言った。

「もっと飲みましょ」

よかった。怒っていない。泉は安堵してグラスを重ねた。

て階段を降りた。

「そろそろ終電」

だれかが言い、何人かが時計を見た。泉は宣言通り勘定《かんじょう》をすませ、若者たちに支えられ

「じゃあ、今夜はこれで」

全員に見送られてタクシーに乗った。エリ香も後ろで小さく手を振っている。

楽しかった。俺にはやはり超自然の力が働いている。ふーっと息を吐いて、コートのポケットに手を入れると、小さな紙片《しへん》が入っていた。

エリ香の名刺だった。

9

名刺にはフルネームとメールアドレスだけが記されていた。

泉はすぐにメールを送り、二日後に食事に誘うことに成功した。自分にそんなことができるなんて、これまでの人生ではあり得ないことだ。ふと、広子の顔が思い浮かぶ。どうだ、俺は明後日、若い美人と食事をするんだぞ、そのあとどうなるか楽しみだな。

しかし、食事のあとどうすればいいのかは見当もつかなかった。幸い、今の泉には金の心配がない。新宿の五つ星ホテルのレストランを予約して、食事のあとは最上階のスカイ

ラウンジで酒でも飲めば、何かが起こるかもしれない。

二日後、泉は教諭時代の一張羅《いっちょうら》のスーツを着て、予約したレストランに向かった。エリ香はすでにレストランの待合室に座っていた。シックなワインレッドのワンピースに、真珠《しんじゅ》のネックレスを合わせている。

（めかし込んでいるな）

泉の期待は高まった。

食事は最高級のフレンチで、コースにはトリュフとフォアグラがふんだんに使ってあった。ワインも年代物をボトルで頼み、泉は気分よく酔った。エリ香もけっこう強いようだ。デザートとコーヒーが出て、そろそろスカイラウンジに誘おうかと思ったとき、エリ香が思いがけないことを言った。

「もしよかったら、アタシのマンションにいらっしゃいませんか？　お見せしたいものがあるので」

何という展開。いや、部屋に招かれたからと言って、何かが起こるとはかぎらない。

エリ香のマンションは渋谷らしかった。ホテルからタクシーに乗り、ものの十五分ほどで小さいけれど瀟洒《しょうしゃ》なマンションに着いた。ハンズフリーでオートロックを解除し、エレベーターで七階まで上がる。泉は息が詰まる思いだった。ここで抱き寄せたら、勘ちがいだった場合、取り返しがつかない。部屋に入るまでは慎むべきだ。

エレベーターの中で、ふと不安がこみ上げた。もしもエリ香とそういう状況になったとき、俺はまともに反応できるのか。最後の夫婦生活がいつだったかも覚えていないくらいなのに大丈夫か。

だが、その不安はエリ香が玄関の扉を開けたとき、払拭された。彼女の後ろ姿の曲線美に、下半身が熱く反応したのだ。

「どうぞ」

玄関からリビングに通され、二人がけのソファを勧められた。

「きれいな部屋だね」

声がうわずった。

エリ香がキッチンから氷を入れたアイスペールとグラスをトレイに載せて運んでくる。サイドボードから二十一年物のバランタインを取り出した。

「ロックでいいですか。それとも水割り？」

「じゃあ、ロックで」

ここで水割りを頼むわけにはいかない。乾杯してからエリ香に訊ねた。

「見せたいものって何？」

「泉さん、いろんなＣＭに出てますよね。シニア向けばかりじゃなくて、若い人向けのＣＭにも出ればいいのに。そうすればもっと若いファンが増えますよ」

もしかして、俺に何かの宣伝をさせたいのか。

エリ香が銀のシガレットケースを開け、手巻きらしいタバコを取り出した。デュポンのライターで火をつける。タバコを吸うのかとやや興醒《きょうざ》めだったが、それは個人の自由だ。エリ香が口をすぼめて煙を吐き出す。香りがおかしい。ハーブのようなちょっとフルーティーなにおいがする。

「それ、どこのタバコ？」

「オランダです。個人輸入で買ったの。泉さんも試してみます？」

エリ香がくわえていたタバコを指ではさんで泉に差し出す。危ない気もしたが、ちょっと吸うくらいならいいだろう。

「ね、写真撮っていいですか。いっしょに」

エリ香が身を寄せ、スマホを持った手を伸ばす。

「もう一枚。タバコを持った泉さんってカッコいい」

期待に応えて悠然とタバコを吸うポーズを取る。

「あとで送りますね」

エリ香がスマホを操作したが、泉のスマホに着信音は鳴らなかった。

「これ、返すよ」

エリ香はタバコを受け取ると、そのまま灰皿でもみ消した。

会話が途切れる。エリ香は泉の横に座ったまま動かない。緊張しつつ太腿に手を載せると、エリ香がじっと泉を見た。

イケる。

目を閉じて顔を近づけると、エリ香がすっと立ち上がった。

そのとき、玄関で扉が開く音がして、男が二人、入ってきた。サングラスをかけた大柄なスキンヘッドと、同じくサングラスの金髪男。首筋にバイオハザードマークのようなタトゥーがある。

「君は、この前の……」

「泉さん。兄貴の彼女の部屋で何してんですか」

エリ香は二人の背後に立ち、腕組みをして冷ややかに泉を見下ろしている。

「写真は」

スキンヘッドが眉間《みけん》に皺《しわ》を寄せてエリ香に聞く。

「バッチリよ」

「よし」

見るからに半グレのスキンヘッドが、泉の横に座って言った。

「今、あんたが吸ったのは大麻《たいま》だ。わかるよな。エリ香が撮った写真と現物、警察に持っていったら、あんたは終わる。犯罪者として逮捕、書類送検だ。有名人だから、テレビのニュースにも出る。新聞にも出る。助かる道はただひとつ。現金で五千万、と言いたいところだが、まあ、三千万に負けてやる。あんた、ＣＭとかでガッポリ稼いでるんだろ」

「わかってんのか、コラァ」

スキンヘッドに続き、いきなり金髪男が耳元で怒鳴った。

「い、今、そんな金、現金では……」

スキンヘッドがうなずきながら、薄ら笑いを浮かべる。

「三日待ってやる。それまでに用意できなきゃ、あんたはマスコミのさらし者になって、刑務所行きだ」

金の受け渡し場所はこの部屋、三日後のこの時間、午後九時にと言い渡された。

「変な気を起こすんじゃないぞ。金さえ持ってきたら、証拠写真は削除してやる」

10

三日後の午後九時、泉はふたたびエリ香のマンションを訪ねた。

エントランスでインターフォンに到着を告げると、スキンヘッドの荒っぽい声が聞こえた。

「オッサン、ひとりだろうな」

「もちろん」

「金は持ってきたか。見せてみろ」

泉はボストンバッグを開き、監視カメラに中身を見せる。

「よし」

自動扉が開き、泉は奥のホールに進んだ。エレベーターに乗るとあとから同乗者が入ってきた。三日前はエリ香と二人きりで、胸をときめかせていたのに、今日は何という落差か。

七階に着き、ボストンバッグを胸に抱えてエリ香の部屋の前まで進んだ。

インターフォンを押すと、ドアスコープで確認する気配があった。続いて解錠する音。泉は身を引き、脇に控えた男たちと入れ替わった。扉がわずかに開いた瞬間、男がぐいと引き、若い衆の二人とともに一気に中に入った。

「何だ、テメェら」

スキンヘッドが怒鳴るが、声が震えている。

若い衆のひとりが前に出て、鉄の棒を仕込んだホースでスキンヘッドの横っ面を殴った。グシャッと鈍い音がして、スキンヘッドはその場に崩れ落ちた。後ろで金髪男が呆然と立ち尽くしている。エリ香は見当たらない。

男が前に出て、金髪男に訊ねた。

「おまえら、組とはつながってないよな。でまかせを言うと、消されるぞ」

金髪が震えながら首を振る。

「スマホを出しな」

「ア、アンタらは……？」

「アンタら？　あなたさまだろうよ」

言うが早いか、若い衆が金髪男のみぞおちにパンチをめり込ませた。

前屈みに床にひざまずいた金髪男に男が言う。

「俺は伊東《いとう》って者だ。山菱《やまびし》組系の暴力団、大友《おおとも》組の幹部だ。泉先生にはむかし、世話になってな。さ、スマホだよ」

伊東が右手を出すと、金髪男があえぎながらバスルームを指さした。若い衆が扉を開ける。エリ香が顔面蒼白で立っていた。

「スマホを出せ」

若い衆がすごむと、エリ香が震えながらポケットからスマホを取り出した。伊東はそれを受け取ると、力任せにサイドテーブルの角に打ちつけた。

「キャッ」

スマホの画面が砕け、中の器械がはじけ飛ぶ。金髪男は床で身をすくめている。

「おまえら、今度、泉先生にちょっかい出したら、東京湾に沈めるぞ」

「わかってんのか、コラァ」

ふたたび若い衆が出てきて、金髪男を足蹴《あしげ》にした。

「すんませんっ。もうしませんっ」

金髪男が土下座《どげざ》して叫ぶ。伊東が目を向けると、エリ香はガラス玉のような目で顎を震わせていた。

「先生。女はどうします?」

「伊東くん。もういいよ。ありがとう。恩に着るよ」

「俺のほうこそ、泉先生には恩義がありますから。何かあったらまたいつでも言ってください」

「君は偉くなったんだね。ボクは嬉しいよ」

伊東昌造《しょうぞう》は泉の元教え子で、小学五年生と六年生で担任をした。どうしようもない不良で、学校中の教諭から疎まれていたが、泉はほかの児童と同じように接した。あるとき、給食費の盗難騒ぎがあり、伊東が疑われたが、泉だけは伊東をかばった。その後、拾得物として給食費が袋ごと警察に届き、盗まれたと言っていた児童が、うっかり落としたことが判明した。伊東は泉に恩義を感じ、その後、暴力団に入ってからも、ずっと年賀状を送り続けていたのだった。

脅されたことを相談すると、伊東は舎弟《しゃてい》を二人連れてすぐに駆けつけてくれた。ダミーの札束《さつたば》まで用意して。

11

——若い女には気をつけてくださいよ。

別れ際、伊東昌造に言われて、泉は大いに反省した。

若返ったことで、たしかに自分は調子に乗りすぎていた。中身が変わったわけでもないのに、自分を特別な人間だと勘ちがいしていた。若々しさを礼賛《らいさん》する世間の風潮《ふうちょう》に惑わされたのだ。何と愚かしい。

広子ならそう言うだろう。ムカつく。

反省はしたものの、同時に自己肯定の気持ちも湧き上がった。若返りは万人の望みのはずだ。あの堀越健太郎も言っていたではないか。東大卒の成功者が言っているのだ。まちがいはない。

風呂で湯船につかりながら、ふと見ると若いときになかった胸毛が胸全体に生えかけていた。若返りだけでなく、男性的魅力も増強されているのか。また全身に活力がみなぎるのを感じた。

以前、取材に来た「女性春秋《じょせいしゅんじゅう》」の記者にメールを送ると、「ぜひ拝見させてください」

と取材を申し込まれた。泉に対するメディアの関心は、まだ下火になっていなかったのだ。

記事が出ると、ふたたび泉に注目が集まり、新聞の取材、テレビ出演、講演の依頼が相次いだ。

メディアへの露出が増えたせいで、芸能事務所から文化人枠で所属しないかという話が舞い込んだ。大手出版社からはゴーストライターをつけるから、手記を出版してほしいと頼まれた。

やっぱり世間は若返りに貪欲《どんよく》なんだ。泉は元気を取りもどし、筋トレを再開した。だが、どうしても孤独を感じる。いくら若返っても、ひとりで暮らすのは淋しい。

そんなとき、市民健康フォーラムでの講演で、思いがけない相手と出会った。かつて花小金井《こがねい》小学校に勤務していたときの同僚、今村志保《いまむらしほ》が控え室を訪ねてきたのだ。

「お久しぶりです。泉先生のご活躍、ほんとうに素晴らしいです」

志保は泉より五歳下で、当時、四十代はじめだった泉が、秘かに好意を抱いていた相手だ。知的で清楚《せいそ》な美貌《びぼう》は、衰えるどころか年齢による深みと豊かさが加わっていた。

控え室には市の職員もいたので、長話もできなかったが、名刺を渡し、目に力を込めて「連絡をお待ちしています」と伝えた。

志保からの連絡は、その日の夜、スマホにメールで届いた。今日の若返りに関する先生の講演は素晴らしかった、もっとお話を聞きたいとあった。脈ありだ。

伊東の忠告が頭をよぎったが、志保は若い女じゃないし、身元も確かだからエリ香のようなことはあり得ない。

食事に誘うと、「嬉しいです」と、絵文字のついた返信が来た。志保との食事なら、高級ホテルより慎ましやかな店がいい。ネットでさがして、花小金井駅近くの瀟洒なワインバルに予約を入れた。

食事をしながら昔話に花を咲かせるうち、志保の現況がわかった。既婚であることは織り込み済みだったが、六年前に夫と死別し、今は一人暮らしなのだという。

「それは淋しいですね」

巧《たく》まずしてしんみりした声が出た。志保も「ええ」と目線を下げた。

それから二人が親密の度合いを増すのに時間はかからなかった。もちろん、泉は離婚していることも伝えた。二人で映画を観たり、あじさい公園を散歩したり、狭山湖《さやまこ》の堤防で夕日を眺めたりした。折りに触れて、志保に好意を抱いていたことも仄《ほの》めかした。

泉が手料理をご馳走《ちそう》するという名目で、志保を自宅に招いたとき、ワインでほんのり顔を染めた志保が言った。

「わたし、もう一度、姓を変えてみようかな」

「それって、もしかして、イ、イ、イズミ姓になるってこと?」

自分の姓がのどにつかえた。

「泉先生がよければの話ですよ、もちろん」

無言のまま激しく首を縦に振った。

四十年間、広子と暮らした家で、泉は新たな幸福に浸った。

12

風呂で湯船につかりながら、志保とのひとときの余韻《よいん》に浸っていたとき、泉は肩に異変を感じた。

何かザラつくような感触。鏡で確認すると、無精《ぶしよう》ひげのような黒い毛が肩から背中にかけて密生していた。後ろを見ると、尻のあたりまで毛が生えている。

こんなところまで、男性的魅力が増強したのか。

いや、どう見ても自然な毛じゃない。

翌朝、近所の皮膚科医院に行くと、紹介状を書くからすぐに大きな病院へ行けと言われた。大げさなと思ったが、その足で新宿の大学病院へ行った。

皮膚科の准教授が診察して、いろいろ質問してきた。いつから発毛に気づいたのか、ほかに不自然な発毛はないか、毛の根元にしこりはないか。

泉は戸惑いながら答えた。

「先生もご存じでしょう。私は〝リアル若返りの泉〟と言われて、髪の毛が増えたんです。それから眉も濃くなって、少し前には胸毛も生えてきました。そう言えば、陰毛も黒くなって」

「身体のあちこちに毛が増殖しているのですね」

イヤな言い方だった。准教授は泉の髪の根元を指でまさぐり、背中の皮膚を押したり引いたりした。

「毛が生えたところの組織を取って、調べる必要がありますね」

「それで若返りの原因がわかるのですか」

「いや、それは病理検査の結果を見ないと何とも」

病理検査と聞いて、泉は不安になった。発毛は若返りではなく病気なのか。もしかして多毛症？　自宅にもどって背中のあちこちに生えた毛を鏡に映して、泉は眉をひそめた。ネットで調べると、多毛症は女性に多いらしい。治療法はレーザー脱毛や、抗男性ホルモンの投与などとある。

面倒なことになったなと、泉は顔をしかめたが、一週間後、大学病院で告げられた結果は、もっと深刻だった。

「毛母《もうぼ》細胞がんです」

聞いたこともない病名に、一瞬、冗談なのかと訝《いぶか》った。

准教授が説明する。

「毛母細胞がんはひじょうに珍しい皮膚がんの一種で、毛根の毛母細胞ががん化したものです。泉さんの身体に生えた毛は、髪の毛を含め、がん細胞によって作られたものです」

「若返ったからじゃないんですか。でも、髪の毛だけじゃなく、身体全体も若返りましたよ」

「それはおそらく髪の毛が増えた喜びで、全身に活力がみなぎり、よい効果が現れたのでしょう。人間の身体は精神面の影響を受けやすいですから」

「そんな……」

目の前の地面が崩れ落ちるような衝撃だった。呆然とする泉に准教授が言った。

「それよりがんの検査を急いだほうがいいです。内臓に転移しているとやっかいですから」

准教授はすぐに検査の予約を入れてくれた。

ＣＴスキャン、ＭＲＩ、ＰＥＴで調べた結果は、過酷なものだった。

「残念ながらステージ４です。がんは全身に転移しています」

13

病院から自宅までどうやって帰ったのか、泉には記憶がなかった。

治療について、准教授は手術はできないが、抗がん剤が使えると言った。ただし、抗がん剤につきものの脱毛は避けられないと。

どうすべきか。

泉は志保に相談しようと思った。大事な相談があると告げると、志保はすぐに来てくれた。

「実は、がんの診断を受けてね」

志保は目を見開き、大粒の涙をこぼした。親身になってくれている。ありがたい。

そう思ったが、ちがった。

「亡くなった夫もがんだったんです。すい臓がんでした。あのときの苦しみを、二度と味わいたくありません」

「どういうこと」

「死別の悲しみは、一度で十分です」

「ということは、もしかして、この前言っていた泉姓になるという話は」

「ごめんなさい」

志保は立ち上がり、口元を押さえて帰っていった。「もうお目にかかることはないと思います」と言い残して。

翌日、「週刊如実」の記者がたまたま近況を聞きにやって来た。

「どうしたんです。暗い顔をして」

記者は好奇心を隠しきれない顔で聞いた。志保が去ったショックで、泉はまともに考えることができずに言った。

「若返りの原因がわかった。がんだよ。がんで髪の毛が増殖したんだ」

記者は固まったが、冗談で言っているのではないことは理解したようだった。泉は准教授の説明を繰り返し、内臓にも転移しているステージ4だと伝えた。

「それはお気の毒です。でも、まだ治療の余地はあるんでしょう?」

「抗がん剤が使えるらしいけど」

「だったら大丈夫ですよ。きっと治りますよ。応援しています。ぜひ頑張ってください」

記者は早口に言って、そそくさと帰っていった。

翌週に送られてきた記事の掲載誌には、著名人の動向を伝えるコーナーに、『リアル若返りの泉さん、がん』と小さく出ただけだった。

ほかのメディアからも問い合わせはなかった。考えれば当然かもしれない。泉はもともと一般人で、それががんになればただの不幸な話でしかない。当人には重大事でも、世間からすれば聞きたくもない話題だ。

念のため、所属を打診してきた芸能事務所に連絡したが、情報はすでに伝わっているらしく、「あの話はなかったことに」と言われた。手記の出版を依頼してきた出版社も同様だった。ＣＭの契約も次々と解除された。がんとわかった瞬間、みんな手のひらを返したように離れていく。俺はそんな冷たい世間を相手にしていたのか。泉は落胆し自嘲《じちょう》した。

メディアには黙殺されたが、ネットはそうはいかなかった。ＳＮＳに泉のがんに関するコメントがあふれた。『がんで若返り　あり得ない』『キモい』『調子こいた天罰』『ザマアミロ』等々。心ない言葉から逃れるため、泉はパソコンもスマホもシャットアウトした。

がん化した毛は増え続け、両眉毛がつながり、頬や首筋にも毛が生えて、人前に出にくくなった。帽子とマスクとサングラス、手袋をはめ、首筋をマフラーで覆ったが、それでも人目を引く。外出するのがイヤになり、買い物にも行かなくなった。冷凍食品や買い置きのカップ麺などを食べるだけで、ロクな食事は摂れなかった。

病院にも行く気になれない。治療で苦しみたくないし、検査で悪い結果を聞かされるのもイヤだ。介護保険のサービスや訪問看護に頼る気もなかった。だれとも会いたくない。このままひとりで朽ち果てるほうがいい。

泉は日がな一日、ベッドで横になり、テレビもビデオも見ずに暮らすようになった。

俺の人生は何だったのか。一瞬、華やかな世界を見たが、こんなことになるなら平凡な人生のままのほうがよかった。若返りで有頂天になったりして、俺はほんとにバカだった。今さら気づいても遅いけれど。

孤独死するならそれもいいかもしれない。絶望のうちにすべてが終わるかに思えた。

そのとき、玄関の扉が乱暴に開かれた。

14

「思った通りね。情けない顔をして」

入ってきたのは広子だった。

「おまえ、どうして……。離婚したのに」

「わたしが乳がんになったとき、あなたが一生懸命、世話をしてくれたからよ。今度はわたしの番よ」

「…………」

「さあ、身体を起こしてちょうだい。あなたの好きな煮込みハンバーグを作ってあげるから」

「すまない」

泉の目から涙があふれた。

「ありがとう。おまえの気持ちは嬉しいけど、手遅れだ。俺はもう、ダメなんだ」

声を詰まらせると、広子は腕組みをしてため息をついた。

「何言ってるの。『週刊如実』の記者さんが病気のことを教えてくれたから、わたし、大学病院の先生に話を聞いてきたわよ。あなたのがんは抗がん剤が効くタイプなんだって。それを治療もしないで、ほんとにそそっかしいんだから」

意外な言葉に泉は目を瞬《しばたた》いた。ステージ4でも薬は効くのか。ふと、あらぬ疑念が浮かんだ。

「だけど、おまえ、抗がん剤を使ったら、せっかく生えた髪の毛が抜けてしまうじゃないか」

「バカね。髪の毛と命とどっちが大事なの。第一、その毛はがんでしょう。抜け落ちたら治療の効果じゃない」

「そうか。たしかにそうだな。なんだか元気が出てきたよ」

「だったら最高の治療を受けて延命しなさいよ。それで元気になったら、二人で楽しみましょう。温泉でも、花見でも、紅葉狩《もみじが》りでも、好きなところに行って、おいしいものを食べて」

「よし、俺は抗がん剤の治療を受けるぞ。全身脱毛になっても生きてやる」

泉は身体を起こし、ベッドから立ち上がった。若返りのときとはちがう活力が身体に満ちるのを感じた。

それを見て、広子が笑顔で言った。

「若返らなくても、薄毛でそそっかしくても、食べ物をポロポロこぼしても、わたしが面倒を見てあげる。前にも言ったでしょ。わたしにはあなたは必要ないけど、あなたにはわたしが必要なんだから」

なんかムカつく。それでもありがたい。

「わかった。俺はありのままの俺でいるよ。だから、よろしく頼む」

「任せておいて。先のことは考えずに、今を楽しみましょう。お金はあるんでしょう、通帳に」

うなずきかけて、ふと広子と目線が合った。

目が嗤っている。確信犯のような微笑み――。

泉はまた、背筋に冷たいものが走るのを感じた。

初出一覧

「爪の伸びた遺体」小説幻冬2024年10月号掲載
「闇の論文」小説新潮2022年9月号掲載
「悪いのはわたしか」小説幻冬2024年7月号掲載
「絵馬」小説幻冬2024年12月号掲載
「貢献の病」小説新潮2022年3月号掲載
「リアル若返りの泉」書き下ろし

久坂部羊（くさかべ・よう）

1955年、大阪府生まれ。医師・作家。大阪大学医学部卒業。2003年、小説『廃用身』でデビュー。2014年、『悪医』で第3回日本医療小説大賞を受賞。ベストセラーになりドラマ化もされた『破裂』『無痛』『神の手』の他、小説に『テロリストの処方』『介護士K』『芥川症』『オカシナ記念病院』『善医の罪』など、新書に『日本人の死に時』『人間の死に方』『寿命が尽きる2年前』『人はどう死ぬのか』『人はどう老いるのか』『人はどう悩むのか』など、著書多数。

絵馬と脅迫状

二〇二五年三月一〇日　第一刷発行

著者　久坂部羊

発行人　見城徹
編集人　志儀保博
発行所　株式会社 幻冬舎
〒一五一-〇〇五一 東京都渋谷区千駄ヶ谷四-九-七
電話 〇三(五四一一)六二一一〈編集〉
〇三(五四一一)六二二二〈営業〉
公式HP https://www.gentosha.co.jp/
印刷・製本所　中央精版印刷株式会社

Printed in Japan ISBN978-4-344-04414-2 C0093
この本に関するご意見・ご感想は、
下記アンケートフォームからお寄せください。
https://www.gentosha.co.jp/e/